给布里安娜的卡片

[美]希瑟·麦克马拉米
[美]威廉·克洛伊尔 著
谢幕娟 译

杰夫和布里安娜，

我永远爱你们。

和你们的每一个拥抱，每一次舞会派对，跟你们在一起的每一秒都让我如此快乐。每天，我都会对你们微笑，并送出我对你们的爱。

继续笑对生活，认真地过好每一天。

目　录

iii	–	引言
x	–	致布里安娜五六十岁退休时（但愿）
6	–	致布里安娜拿到驾照时
12	–	致布里安娜碰到困难时
18	–	致布里安娜大病初愈时
24	–	致布里安娜第一天上学时
32	–	受挫时的"勇敢反击"卡片
42	–	长大后的鼓励
50	–	一张"你可以做到！"卡
60	–	布里安娜的十三岁生日
68	–	当你分手或经历了糟糕的一天
78	–	当你的宠物死了
86	–	致布里安娜十六岁生日
94	–	致布里安娜的二十一岁生日
102	–	致布里安娜的告别单身派对
108	–	致布里安娜与爸爸喝第一杯酒
118	–	致布里安娜的婚礼

126	–	致布里安娜的十八岁生日
134	–	当布里安娜开始上高中
148	–	致希望
156	–	致布里安娜高中毕业时
157	–	附录
159	–	出版后记

引 言

我喜欢我的生活。一切都很完美。三十三岁的年纪，与丈夫生活温馨，还拥有全世界最漂亮的小女儿。做着自己喜欢的工作，有一个温馨舒适的家。认真地说，对于一个出身美国威斯康星州西埃利斯密尔沃基郊区——我们称其为"斯塔里斯"——的工薪阶层姑娘，我的生活美好得恍如一场梦。

然而，一天傍晚，突如其来的发现打破了这种美好：当时我躺在床上，摸到乳房里有一个硬块。

"该死的这是什么！"我翻身坐起，冲杰夫喊道。在此之前我俩都不曾留意过这东西。硬块存在多久了？那一整晚我都在用谷歌搜索"乳房硬块"，试图找到一个不含"肿瘤"字眼的相关内容链接。

第二天我去看医生，而我的人生轨迹也自此急转直下。医生诊断我为乳腺癌 II 期。大约四周之后,我的双乳被全部切除。紧接着我进行了一年多的化疗,但效果并不明显。癌细胞扩散到了骨骼和肝脏。最后我被诊断为乳腺癌晚期,最多还能活两年时间。

被诊断为乳腺癌晚期之后过了大约十四个月,我对服用了四个月、用来尽可能延长生命的化疗药物产生了耐药性,这也意味着我离死亡更近了一步。意料之中的事。那已经是我尝试的第九种化疗药物,失败越多次,接下来的药奏效的可能性就越小。癌细胞最终将杀出重围把我吞噬——这种"聪明"的细胞如同世界顶尖的百米短跑选手一般在我的身体里横冲直撞。你可能会奢望,癌细胞说不定没那么聪明,也许要花很长时间才能绕过化疗药的阻挡。但我用亲身经历证明,癌细胞实际上非常非常聪明。

医生告诉我癌症已进入晚期的同时,也直率地把我当前的处境告诉了我。"就跟坐过山车一样,"他说,"坏消息纷沓而至,一个接一个。你能做的只有尽可能坚持得久一点。"

我仍在坚持,尽管有时候"越过某座大山"时我会大胆地放开双手,举向天空……因为这样的生活会更精彩一些。

这疯狂的遭遇让我思考了三年,而最令我触动的是:无论癌症如何毫不留情地向我投下炮弹发动攻击,世界依旧照常运转。其实早在我从"正常"生活到被确诊再到一个月内完成双乳切除手术期间,我就已经明白了这一点。我生活在水深火热之中,但周围的一切都还在继续向前。我仍然得赶在最后日期前完成工作。账单还是得照付。衣服还是得有人洗。我最爱的电视连续剧仍在播出新的剧集。我的女儿布里安娜和我的丈夫杰夫,仍然需要我。所以,固执如我,我决定只要还有一丝机会能够主导一件事情,我也一定要抓住机会。

我如同"打了鸡血"一般,每当听到小布里晚上叫喊出声便会立刻从床上爬起来,即便当时我正被化疗的副作用折磨得死去活来。我尽量让生活跟之前一样,就在手术前几天还为小布里主持了计划了许久的生日派对。派对以嘎巴宝宝(Yo Gabba Gabba!)为主题,就在我们家中举行,邀请了威斯康星州所有活泼爱动的两岁小朋友

前来参加。看着那些蹒跚学步的小朋友高兴地尖叫着朝糖果奔去，我内心突然涌出一种恐惧，想要缩到某个角落。因为我不知道这是否是自己最后一次帮布里庆祝生日——但我却不能这么做。我想克里斯托弗·罗宾跟小熊维尼说下面这段话的时候大概也是这个意思吧："答应我你会永远记得：你比自己想象的更为勇敢，比你自己表现的更为强大，比你自己认为的更加聪明。"即便生活有时会很不公平，但你还是要有战胜困境并重新掌控生活的能力。由于病情越来越重，我渐渐地无法再掌控任何事，但此时我已经学会了原谅自己，不去理会脑海里那令人烦恼的声音。

面对即将到来的死亡，任何人都难以接受。这真的很难。但一旦接受了这种生命无常，旦夕祸福无法预料后，反倒能开始欣赏大部分人都习以为常的那些微小事物。我从未想到，自己有朝一日竟然会早起看日出。这听着可能有点老生常谈，但一想到如果没得癌症，我绝不可能花时间让自己沉浸在如此美妙动人的事物中，我就觉得难过。我无法告诉你，每当看到别人因为杂货店的队伍移动太缓慢、马路上的红灯等很久才变绿或者手机无法正常使用而暴跳如雷时，我就感到一阵胆战。要是他们能知道旁边正盯着他们看的光头母亲多么愿意与他们互换烦恼就好了。我并非总觉得自己比别人过得惨，哦，不是那样，但我有时候真的很想好好检查一下现实。

这场经历教会我的第二件事是：与人为善是多么的重要——这一点我也与小布里分享了好几次——做一个善良的好人。很简单，但很多人却无法做到。当看到人们在知道我将不久于人世后他们马上就像换了一个人时，我总是感到很震惊。为什么在知道这个事实之前，他们就不能用同样的善意对待我呢？生命中每个人都有自己的困难和痛苦：疾病、经济困难、天灾人祸等，无论这些困难和痛苦别人是否知道，但它们确实存在着。我们每个人都有自己的故事，这些故事或许很早以前就开始了，或许还要很久才会结束。善待他人，不擅加评判，能避免祸从口出，更重要的是，这样的你或许可以照亮他人的生活。

我得说，我听到过很多无知且令人尴尬的评论。比如当商店收银员发现他们面前站着的这个没有头发的女人跟驾照上的照片对不上时，对方会说："我想你大概是想换个新造型吧！"但同时也有很多人会真诚地询问和理解我的状况，并跟我说他们也有朋友正在经历化疗或者有家人也被确诊为癌症。你知道吗？有时候他们其实只是想聊聊天而已。他们想知道能为自己在乎的人做点什么，他们想知道面对这种情形，他们该说些什么或者做些什么。

因为我真诚地分享自己的遭遇，所以有很多人都向我打开了心扉——来自世界各地的陌生人，这很美好。我在脸书（Facebook）上写，我为小布里准备了很多贺卡，以庆贺她生命中接下来的每一个重要时刻，本意只是想跟我的朋友们和家人分享。我以为这不过是我个人世界中的一件挺酷的事情。我从来没想过会有人通过社交媒体看到或者在乎这个举动。所以当我的一个朋友让我搜索"濒死母亲",然后我看到自己的故事被全球各大媒体刊登在首页最显眼的地方,其中很多语言甚至我都不认识时,我知道我又有一个目标要完成了。

给布里安娜的卡片是我最后的创意,上面全是我在生命的最后几周发自内心写下的话,是我给小布里、杰夫、朋友和家人……还有读者你的礼物。我不知道自己接下来究竟还能活多久,现在距医生推测我还能活两年后已经过去了十八个月。这一刻,我虚弱的身体告诉我这个预测很准确,我的生命确实即将走到尽头。

是的,无论从哪个方面说,这都是很糟糕的一件事。

但是你知道吗?我觉得还好。真的。

尽管我恨透了身体里未被杀死的每一个癌细胞,但这场遭遇也教会了我生活、笑容和热爱活着的每一秒钟。我希望这本书能反映出我的心声,希望你在看这些文字的时候能感受到我倾注在其中的力量。我还希望,在你一贯如常的世界中,这本书能让你为自己生命中的所有幸运和美好欣然一笑,能让你对他人拥有更多共鸣和同理心,能教会你生活……我是说真正地……好好度过生命中剩下的每一天。

· 布里安娜退休 ·

"出于癌症的逼迫,我不得不选择退休。但愿你不必遭遇这样的无奈。愿你能享受生命的美好。跟随幸福的脚步,感恩每一天,并笑对人生的一切困苦艰难。我希望,当你退休时,能有一个盛大的告别派对。"

——致布里安娜五六十岁退休时(但愿)

1

知道自己命数已定后一个月左右,在我的退休派对上,我做了任何一个知道自己时日无多、心情沮丧且刚失去工作不久的妈妈"都会做的事":骑上一头名为"红色石头"的凶猛的机械公牛——而且我是整个酒吧里骑得最久的。一周之后,我到医院进行骨骼扫描检查,癌细胞已经开始侵入我的脊柱。很可能癌细胞已经转移了一段时间,只是之前的扫描没能检查出来。

"所以说……上周不应该那样子骑牛啰?"当医生告知我骨骼扫描的结果后,我面无表情地问。

"你说什么?"医生一脸不敢置信的模样。

不好意思,但癌症手册上并没有写不准骑牛呀。

显然,当医生听到一个已被癌细胞侵入骨髓的病人还在体验牛

仔女郎的感受，自然会感到不悦，因为这很可能会造成骨折或瘫痪等严重后果。记住，这种时候一定要让医生相信这没什么大不了的，因为你会在"掌声雷动中缓慢并且优雅地翻身下牛"。

不过，当时我心里对自己说的是"感谢上帝，幸好我抓住机会体验了一把骑牛的感觉"，而不是"感谢上帝，幸好我没有摔瘫痪"！有时候，无知也是一种幸福。要是我在派对之前就做了骨骼扫描，并且知道癌细胞已转移到脊柱且有很大的瘫痪风险，我（很可能）不会骑上"红色石头"。是的，很多时候你会因为健康的缘故而选择不去做某些事，但人这一辈子也不能总是那样畏首畏尾束手束脚吧。享受当下，任何事情趁着能做时就赶紧做。

大约一个月之后，我被诊断为癌症晚期，于是我在三十四岁的年纪以研究员的身份从威斯康星大学医学和公共健康学院退休。工作时，我负责创建数据库和数据获取流程，并针对提交数据的程序开发反馈回路和系统，同时……具体也就不细说了，姑且就笼统概括为数据管理吧。我热爱这份工作！我想方设法用讲故事的方式来呈现数据，这能同时满足我的大脑对于组织性和创造性的双重需求。然而当你被不同的医生宣告生命所剩无几时，你始终还是得面对一个事实：在工作间的四方天地之外，人生还有更多值得热爱的事物。（顺便说一下，最近听人说我之前的工作位已被清空，取而代之放上了最先进的打印机。我想对我的前同事们说：等我死了，我的魂魄说不定会附到那台打印机上。）

退休之后，我大部分的时间都是跟一群七八十岁的老人一起度过，所以我总说我已进入老人阵营。早晨当我想去学校的生物研究所喝杯咖啡，会看到一些老人在那里吃早餐。当我去肿瘤医生办公室按约复诊时，等待室的周围也都是些老人。我经常听到一些老人抱怨，通常都是关于身上这里痛啦那里痛啦或社会福利保障啦——那些抱怨往往也反映着我的境况。但我明白，任何人因为这种情况退休时，如果能利用有限的时间好好享受在世上的每一天，那定然是没什么好抱怨的。

我在麦迪逊市郊住了将近二十年,在麦迪逊城内也生活了六年,但直到退休之后我才意识到自己从未真正走入威斯康星州议会大厦,虽然单从外面看这栋大厦都算得上一件精美绝伦的艺术作品。想想你的处所周围那些你从未驻足欣赏的地方,有些可能是你上班或开车送孩子参加"午后第十项课外活动"时每天经过的地方。当你确切地知道自己很快就会离开这个世界,你对这些地方或事物的观点会有怎样的变化?体验才是生活。正如电影《春天不是读书天》的主角菲利斯·布勒(Ferris Bueller)所说的那样:"时光匆匆。如果你不曾驻足,那你很可能错过生活。"

我接受了这个建议,并终于在某一天前往议会大厦参观,用整整三个小时的时间探索了大厦里的每一个角落。大厦的圆形大厅让人印象非常深刻。大部分人可能都会把头仰成九十度去看那离地七八十米令人目眩的圆形穹顶,但我径直走到了大厅的中央,在冰凉的大理石地面躺平,深吸几口气,完全沉醉在那令人惊叹的美丽中。

我听到有几个人从我身旁走过,他们窃窃私语,大概都以为我疯了或者是嗑药了吧。讽刺的是,我平时每天都要服用大量会影响日常行为的药物,而那天其实是少数几个没服药的日子。如果那些人不是去揣测我在做什么,而是跟我一样听从内心真挚好奇心的召唤,跟我一样躺到地上,该多好呀!我完全沉醉在当时的情境中。简单的时刻,却又那样令人沉迷。

我整整用了十六年的时间才注意到那栋建筑,然后才发现并欣赏它的美。事情就是这样,没有借口。那样触手可得的美,不应该周周转转那么久之后才得以感受。很不幸,这一切竟然在患上绝症之后我才真正意识到。

· 布里安娜学开车 ·

"你三岁的时候,就跟我们说你想开车。现在你终于做到了。只是这可能会吓坏了你爸爸,所以还是得悠着点跟他说。"

——致布里安娜拿到驾照时

2

布里安娜出生前,杰夫从未抱过孩子,他甚至从来不知道该怎么跟那些蹒跚学步的小孩说话。相比小孩,估计让他跟外星人打交道还更容易些。所以当我把怀孕的消息告诉他时,他整个人都惊呆了。我是说,完全惊呆了!过了好几天他才缓过神来,开始跟我讨论这件事情。当我们知道怀的是一个女孩时……

"我们必须得把地下室的门上锁。那儿有一个小酒吧,"杰夫正色道。"可不能让她跟那些男孩子一块看电影,绝对不行。"

"等等……什么?"我戏笑道,"你知道她现在还不过是一个胚胎,对吧?"

然后,当你第一次把你自己的小孩抱在怀中,你会发现一切都变了。杰夫自然而然地变成了"奶爸"。过去四年多的时间里能亲

眼见证他跟布里安娜之间的关系一步步亲近,对我而言也是一种十分特别的体验。

杰夫教布里安娜踢足球。每个周六,在 UW 足球赛开始之前,他们俩就会把我们的威斯康星獾队旗子挂到房子外面。他们一起去杂货店购物。在查出癌症之前,绝大部分时间都是我照顾小布里安娜,比如给她洗澡或者哄她上床睡觉。但在我接受乳房切除手术之后,除了跟足球有关的话题,杰夫不得不跟小布里安娜讲讲其他的事情了。他从有需要的时候"搭把手"变成了小布里主要的照顾者。

不过令人惊讶的是，杰夫似乎天生就知道如何当一个好爸爸。我曾经想过，是否要在离世之前给他写一本如何照顾女儿的指南，但显然不需要。杰夫自己就可以写一本这样的书了。

杰夫第一次开车送小布里安娜上幼儿园，给老师一个橡皮筋，好把布里的头发绑成马尾辫。

"这个，"他有些恼火地说道。"我不知道该怎么弄。"

不过现在他已经十分娴熟。现在他不仅能帮小布里绑马尾辫，还学会了如何编辫子，并为此感到自豪。我有很多跟我一样得了绝症的朋友，她们的另一半可就没这么让人省心了。我知道我的布里将能一直得到很好的照顾，这真的是很幸运的一件事。

当然这并不是说杰夫不会遇到挑战，尤其是当布里进入青春期之后。我知道等布里拿到驾照，杰夫肯定会担心得要命。即便是现在，不知怎的布里也似乎总是会让杰夫回答一些让人难堪的问题，比如"小孩是怎么来的？"每次看到杰夫结结巴巴欲言又止的神情，绞尽脑汁地拼凑能让四岁小孩听懂的语言，我就觉得很好笑。当然最后还是我替他解围。但要是我不在了，会怎么样呢？我觉得哪怕布里到了青春期，这种复杂的问题或杰夫的无措也不会有什么改变。也正是因为如此，我才专门为布里录了一些录音，包括该说"那种事"的时候或者当她第一次来月经的时候，她只需要按下按键就能听到妈妈直接回答她的问题。这听上去可能有点古怪，但我觉得总会有那么一些时候，女孩子会需要自己的妈妈。如果杰夫奇

迹般地能很好地独自处理这些问题,那我也愿意给他多一点力量。即便让他和布里聊完之后一块儿取笑我的录音都是好的。我的灵魂永远跟他们在一起,跟他们一块儿放声大笑。

我知道杰夫有可能会再婚,而布里也会有一个慈爱的继母,在她需要女性关爱的时候给予她帮助。杰夫和我就此讨论过好几回,我也真诚地希望在我走后他能够找到合适的伴侣,让布里有一个爱她的新妈妈。当然,我没法亲眼见证这些,或许这也是我能接受这一切的原因之一吧。但发自内心地说,我确实希望杰夫能快乐。他也明白这一点。

如果说离开杰夫我还有什么不放心的话,那就是我怕我离开人世之后他会很痛苦。从十四年前我们第一次相遇开始，我们俩分开的日子一只手都数得清。我们几乎形影不离，因为我们就想陪在对方身边。我们是伴侣，也是彼此最好的朋友。迈入婚姻殿堂时，我们都坚信将开启一段持续几十年的美妙时光。在一起的日子突然被拦腰砍断，以后也无法一起变老，这让我们两人都很难过。

我知道这听上去有点奇怪，但我们的感情确实堪称完美，我知道这世界上美好的事物不可久持，从这个意义上说，上帝让我离开人世也就说得通了吧。拥有一段如此幸福的感情，从开始到结束——在我看来真的完美得不真实。

但愿在我走后，我的这种观点能被证明是错的，杰夫和布里也能继续生活，并将这种特殊的父女感情维持得更久。如果无法再陪在他们身边，那只要我还能住在他们心里，对我而言，也已经很好了。

· 艰难的日子 ·

"你爸爸和我总能找到笑的理由,即便是在最困难的日子里。碰上癌症,真的有太多事情让人啼笑皆非。如果不学会笑着面对,恐怕我都要发疯了。相信我,哪怕你这一刻笑不出来,过一天你也会笑出声来的。活着,笑着,爱着。记住不要跳过中间那一步。"

——致布里安娜碰到困难时

3

我有好几个朋友都是癌症晚期,有时候我们会来一场"YOLO"。我知道,按道理我们早已过了那种使用首字母缩写的年纪,但我觉得你可以把这看作我的"YOLO"态度的体现。"YOLO"代表的是"你只会活一次"(You Only Live Once)。《都市词典》给它的定义是:"做某件傻事的蠢借口。"很多时候或许确实是这样。但我得说,当你患上绝症,拥有"YOLO"的态度(或者说是愚蠢的行为)不仅不傻,这实际是学着笑对我们每个人都一定会经历但又努力想幽默对待的事情:死亡。

一天,我按约定时间去找医生,医生通常都会对我说:"我们很抱歉,希瑟,但你确实活不长了。"一如既往地听完令人沉重的消息后——说实话我对此都已经麻木了——我微笑着问我的肿瘤医

师任何一个处于我这种处境的病人"都会问"的问题:"我可以多文几处文身吗?"

于是那位善良的男医生试图动之以情晓之以理,好让我明白我其实离化为尘土更近了一步,但我当时却在想要是我的右肩膀能文上一团飘逸的粉色花朵,应该很棒吧。医生心里想的是"可怜的希瑟"。而我想的却是"YOLO"!

在我终于说服医生文身对我有好处之后,我想:"为何要在肩膀上文文身呢？为何不直接在脸上弄一朵花？或者在我锃亮的光头上？反正我又不用担心顶着它变老或者去面试。"当然我最后还是没这么做，因为我不想吓到小布里。但这种自由是癌症给予我的——苦中作乐，笑对艰难。去年有一份调查报告显示培根会致癌，看到这份报告我的第一个念头就是："太好了！我可以想吃多少培根就吃多少了！"经过又一次的化疗之后，杰夫开玩笑说，如果碰到僵尸末日，那我比其他任何人都更有优势。他觉得，既然我的身体里被注入了那么多的化学药物——我想我大概只差三个字母就集齐了癌症药物化学表（A=亚德里亚霉素、B=硫酸钡混悬剂、C=卡铂……）——那么我大概也很可能会成为核世界末日的幸存者吧。

演员奥黛丽·赫本曾说："我喜欢能让我笑的人。老实讲这真的是我最喜欢的事情，我喜欢笑。笑能治愈很多东西。它大概是一个人身上最重要的东西了吧。"

笑容无法治愈癌症，但它却能让面对癌症的每一天过得更轻松。

在接受双乳切除手术之前，我要先与一位外科整形医生碰面。跟其他所有和我打交道的医生护士一样，他把我当成女王一样对待。那位医生是个小个子，身高大概只到我的肩膀。他是一个光头，两只大大的蓝眼睛，至于说话的口音我分不太出来，但我很喜欢听。很多次在我们将要告别的时候，他会用手掌轻抚我的脸颊，然后说："祝你成功，希瑟。祝你成功。"

在我们第一次见面时，他向我和杰夫细致讲解了我将要经历的一切。他跟我们讲了他妻子的事，他妻子也跟我一样——先是进行了双乳切除，然后再植入假体。他说，我做完手术醒来后的那种心理的感受是没有办法提前准备的。他说每个人的情绪都会不一样。这种手术跟其他手术不一样，它是很私人的事情。

说话的时候，他显得很有耐心而且很和善。他会仔细倾听，然后回答我的每一个问题和关心的事。那场对话让人情绪激动，因为所谈论的话题让人十分紧张，但他始终表现得优雅而善解人意。说话的时候我想哭，杰夫紧握着我的手，时刻安慰着我。那是我在这场癌症之旅中所经历的众多内心悸动的时刻之一。然后……

医生把一对假乳房扔了过来。

他凑向前，双肘放在膝上，一只手拿着假乳房，然后轻轻将其抛到另一只手上，用一种严肃的调调继续跟我们说话。接着他又把那乳房抛回之前的手上。再扔到另一只手。就这样扔来扔去，好像那对假乳房是杂耍球一样。要是再给他几个假乳房，把他打扮成小丑的样子，我觉得他都可以演一出杂耍戏了。这场沉重的谈话让我泪如雨下。杰夫也努力憋着眼泪。医生云淡风轻地讲着我即将经历的悲剧过程，目光始终不离开我们。但，突然间我脑海里就只剩下一个想法："哦，天哪！不要再扔那对假乳房了！"

然而医生继续扔来扔去，每抓扔一次那东西就发出"咯吱"的声音，就跟扔压力球似的。我仍在哭，但我大部分的眼泪都是笑出来的。我知道他并非有意为之，不过就算他是有意为之也没关系。

他的这个动作显然让我的紧张情绪缓解了很多。我知道如果他没那么做,那我离开他办公室的时候心情不会那么轻松。自从被确诊乳腺癌以来,这是我最早经历的最为"痛苦而严肃"的时刻之一,而之后这样的时刻还有成百上千个,还有好多让你捧腹的事情呢。

在癌症药物字母表中,"L= 劳拉西泮(Lorazepam)",指的是化疗之后服用的治反胃的药物,但我把它改成了"L= 笑(Laughter)"。真的,再没有比这更好的药了。

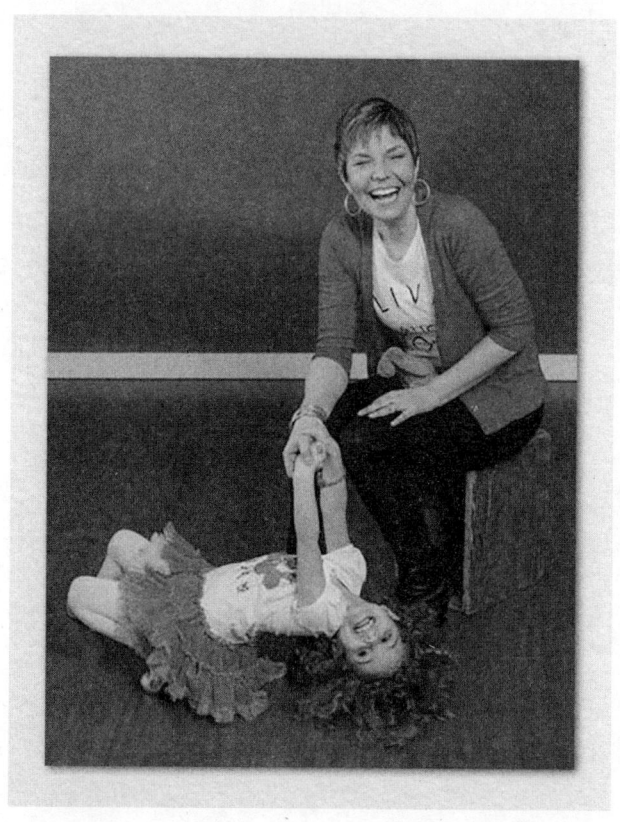

·布里安娜生病时·

"无论你是摔断骨头、拔掉智齿还是染上流感,我都会和你一起吃鸡汤面,与你依偎。"

——致布里安娜大病初愈时

4

被确诊癌症之后,最让我难以接受的事情之一是来自外界的帮助。我是一个井井有条的人,做事的效率很高,我喜欢一切都在自己的掌控之中。我想要自己独立完成所有事情。但当你生病或者需要某种帮助的时候,你的速度却不得不慢下来,收起自尊心,寻求他人的照顾。即便是让我承认家里需要送餐小分队——邻居和朋友们每晚轮流为我们做晚餐,以免布里每天只能用鸡块充饥——对我而言都是一件很难接受的事情。但我知道我们确实需要帮助,很重要的一点是,我意识到别人也想帮忙。知道自己能为我们做一些事情,这让他们感觉很好。自从形成了"依偎小群体"——大家轮流在沙发上跟我依偎在一起——社区内部可能有一些非议(但我得说,这并非一无是处),但朋友们送来的自制鸡汤面显然能减少我们的部分压力。

正式确诊为癌症晚期的几周前，医生告诉我癌细胞已扩散到我的肝脏，那时我已经学会真正敞开心扉，接受人们愿意给予的全部帮助和爱。然而，那仍然是这整个过程中最可怕的一天，刚好杰夫又不在我身边。他原本计划跟我一起去见医生，但我觉得他没必要去，毕竟原本只是例行复诊而已。事实上，我当时还计划复诊完后直接回到工作岗位。结果我再一次被生活的炮弹击中，医生告诉我癌细胞已转移到肝脏。收到这个可怕的消息之后，我被引入一间冰冷的无菌室，立马接受治疗。当医生把化疗药注入我的血管，我哭着给杰夫和其他一些朋友打电话，告诉他们最新的诊断结果。不过这次创伤之后，我再也没有孤单过，无论是身体上还是精神上。

说我是从确诊那天开始得到无微不至的专业照顾的，这可能对那些陪伴着我的接待员、抽血医师、护士和医生不公平。威斯康星州的人都很善良，知道如何安慰和照顾别人。在那个恐怖的日子，医院的工作人员轮流陪我，给我拥抱，跟我一起掉泪，同我分享他们的故事以给我一些希望，即便他们心里明白其实希望已经渺茫了。他们俨然成了我的精神治疗师，也成了我最亲近的朋友，他们费尽心思逗我笑，好把我的注意力从癌症这件事上转开。患上癌症一点都不好玩，但他们却让我人生最后的旅程尽可能变得平稳。

我无法想象自己换到他们的位置会怎样。跟你知道快死的人做朋友，看到那些"痊愈"的患者因病情复发而再次回到医院，每天都目睹不同的人遭遇可怕的灾难……我曾以为，上帝施加在每个人身上的苦难大概也有个限度吧。哈！这群心地善良的白衣天使却打破了我的这个想法。但他们依然竭尽全力帮助病人好起来。他们既是奇迹的缔造者，又是奇迹的见证者，当然很多时候他们也会见证心碎。能给一个人第二次甚至第三次生存的机会，那种感觉应该很好吧，所以我想他们大概也达到了某种情绪上的平衡。尽管没能治愈我，但他们在最黑暗时光中让我"依偎"对我意义重大。

让很多人大感意外的是，尽管我的生命即将走到尽头，但我不仅能接受他人的拥抱，还能给别人依靠。很多人都不敢寻求我的帮助或建议，因为他们知道他们所面对的问题跟我完全不是一个量级的。但考虑到我的处境和独特的人生观，其实我倒是很能帮助他们从不同的角度看待当前面对的问题。是的，我所碰到的问题更大，但你仍有可能碰到你人生中最大的坎。我爱你，我关心你，我也希望能有机会在你需要的时候陪着你。

去年夏天的某日，我接到医生的电话。他刚得到一些关于我病情的新数据，心中十分关切，想让我马上进行脑部扫描（听上去很吓人，但其实这对我已是家常便饭）。杰夫当时在上班，于是我的好朋友凯特开车送我去了医院。做完脑部扫描之后，我跟凯特说，为何要把这美妙的一天浪费在令人压抑的等待室里等待并担忧可能的坏结果呢？

当时凯特过得也不太顺，她的外祖母刚刚去世，于是我们在一个风景优美的露台对饮小酌,放松地聊天。当然这样吃点东西说说话无法解决任何实质性的问题,但我们仍然笑了很久,脸都要笑痛了。于是我建议去附近的玛诺娜湖边上的玛诺娜露台,欣赏了一阵湖光景色。我俩在草地上躺下,看天空中的云卷云舒。

凯特说我不懂欣赏云。我无法自己识别云的形状或者认出她所认出的东西——肯定是因为脑部扫描影响了我的创造力和想象力。但不擅于看云至少比在等待室里翻看那些讲述如何提高生命质量的杂志要好得多。然后,我们窝在宽大的露台椅上大快朵颐地吃冰淇淋。我们谈天说地,尽情享受当下。和风徐徐的夏日午后,享受着美酒、绿水、青草、白云和美味的冰淇淋……还有比这更好的吗?

我很高兴,当凯特需要我的时候我陪在她身边。而凯特亲眼

目睹了我所面对的现实困境，感受到世事是多么无常——比如我会被毫无预兆地叫去进行脑部扫描。在跟我临时起意来了一场"午餐冒险"之后，她的情绪也比之前好多了。凯特跟我说我真应该把我为她做的事情变成生意：与身患绝症的年轻妈妈共进午餐，促膝长谈，让你改变对生命的看法。这个主意不错，只是我还是更愿意把我的空闲时间用来跟布里和杰夫依偎在沙发上，直到我失去行动能力。

· 布里安娜第一天上学 ·

"深吸一口气,勇敢面对。有时候你会碰到看似很可怕的事情,但一切都会好起来的。"

——致布里安娜第一天上学时

5

　　我以前对化疗知之甚少。对我而言，化疗就是化疗。化疗药物是一种能杀死癌细胞的注射式或口服式药物，至少这种药物能让癌细胞的繁殖速度放缓。之前我也听说过不少病人如何被化疗折磨得死去活来的故事，但我以为那不过是病人必须忍受的常见副作用而已。事实也的确如此。我从不曾想过，关于化疗还有多少需要了解的。

　　然后，我就患了癌症。

　　现在我清楚了化疗杀死所有快速分裂的癌细胞的方式。实际上，化疗药物是这样起效的——在你被癌细胞杀死之前，把你和癌细胞一块杀死。换句话说，它是把好细胞和坏细胞一起杀死，只不过抱着癌细胞被消灭之后好细胞能坚持更久的希望。确切地说，这种治疗更多地是靠运气，听天由命。

毛囊是我们身体中生长速度最快的细胞之一，这也是接受化疗的病人都会掉头发的原因。但最糟糕的还不是失去脑袋上的头发，而是就连鼻毛你也会一块失去。你知道不断地流鼻涕有多讨厌吗？而这是因为没有鼻毛可以帮助兜住鼻涕或至少减缓流鼻涕的速度。只有当失去鼻毛的时候，人才会明白它的意义。而没有眼睫毛或眉毛也是很不舒服的一件事，因为东西都会直接落进眼睛里。幸好眼睫毛向来都是最后掉也是最早长出来的，这个过程大概总共只需要几周时间。如果你也得接受化疗，可千万别再跟我那样自大。我本以为自己会是特别的那一个，以为自己不会掉头发。很多人都是抱着这样的想法开始化疗的。然而化疗本身却是一视同仁。

直到我开始化疗之后，我才知道原来化疗所用的并不只是某种单一的药物。化疗的药物中包括亚德里亚霉素、卡铂、紫杉酚、艾瑞布林、希罗达等。我服用了十种不同的药物。其副作用包括恶心、疲劳、掉发、胃口不佳、指甲变灰——如果指甲还未脱落的话。你要是听到接受化疗的人称这些药为"毒药"或者声称"有毒废料"进入了身体，要知道他们并非夸大其词。每次护士帮我注射药物的时候，她都要戴上面具、塑料护眼罩、全身围裙和手套——俨然一副进入"生化区"的样子。

事实也的确是这样。

有一种化疗药的包装袋上贴有大大的"生物危害"红色标签。

另一个袋子上则贴着"病理性废弃物"的黄色标签。除此之外还有绿色标签，上面写着"切勿丢入水槽或下水道。请投入有毒物垃圾箱"。如果你顺着下水管道将其扔下，将是很危险的一件事，然而将其直接注入我的颈静脉却是可以的。亚德里亚霉素，在癌症世界中又被称作"红色魔鬼"，每次打这种药的时候我都觉得很害怕。那是一种红色的液体，一种很早以前就研发出来的化疗药物。我摄

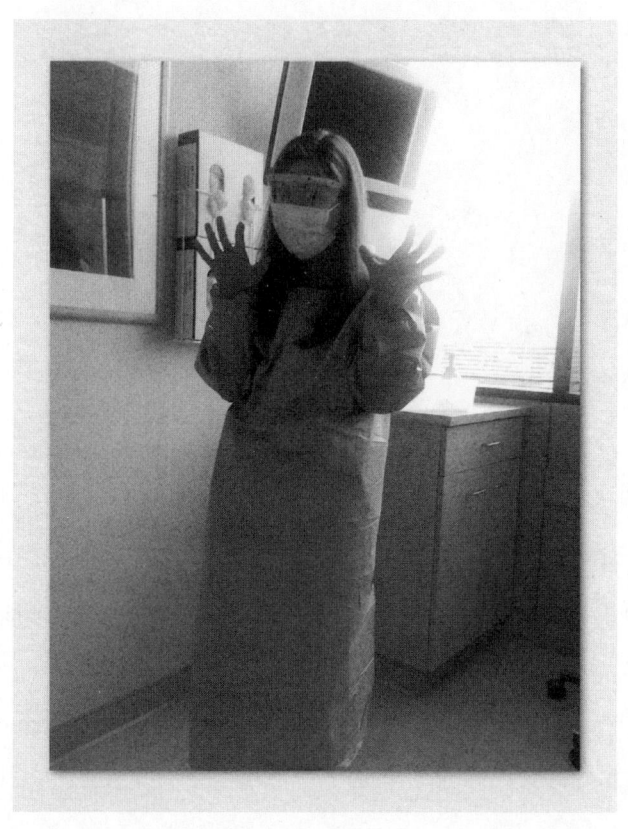

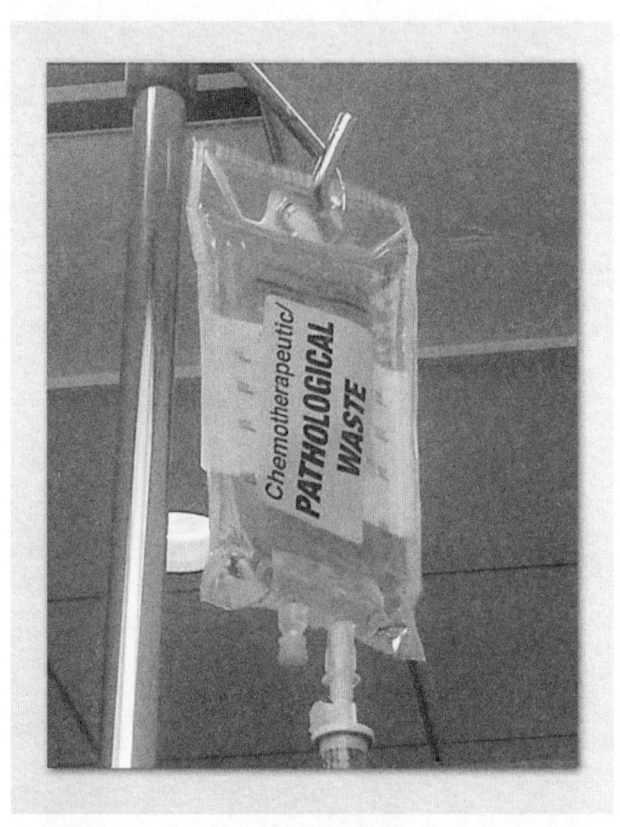

入了四次之后便停止了,因为这种药毒性很大,很可能会要了我的命。护士每次都很小心翼翼,以防帮我注射的时候弄到他们自己手上,他们说哪怕溅上一点都足以烧穿皮肤。然而,这样的药却被注入了我的血管。

但化疗还只是第一步,一旦患上癌症你还要摄入许多化合物。其中有类固醇、用于淋巴结显像的色素、抗恶心药物、防止复发的激素（哈！这个确实有效！）、各种抗生素、水合液体、用于脑部核磁共振成影的造影剂、镇静剂、缓解疲劳的药物、用于CT扫描的味道还不错的"饮料"，当然还有酒（自己在家喝——能治愈一切）。

每当一种化疗药物失效，我就得去找肿瘤主治医生了解下一种他们打算用来"毒害"我身体的药物。有一次，我通过一本名为"一种全新化疗药将会带来的全部可怕方式"的书进行指导，这书名至少我是这么念的。要摄入新药物，还需要我服用"地塞米松"。有时也被称为"肿瘤糖"，而"Dex"（我对它的一种爱称）则是一种能帮助控制化疗引起的众多症状的类固醇——这些症状包括恶心、食欲不振及过敏反应。尽管"Dex"能帮助减轻我的一些不良反应，但我却对它深恶痛绝。因为我的身体对"Dex"的反应比对化疗药物的反应要大得多。它在我的大脑里投下亮光，而我想让那亮光熄灭。经过化疗之后，我只想睡觉，可是那亮光却让我的大脑不停歇地转动，以至于我无法睡觉，无法看书、写字或集中精力做任何事。

我坐在会议室，从我最喜欢的一个护士手中接过新药，然而她却向我投下了"Dex"炸弹。

"接下来四天，你每天都要服药三次。"护士的语气中满是同情，仿佛是对一个正收拾行李准备开启四天地狱旅程的人在说话。我接收的坏消息已经很多，对于大部分的坏消息我也都能淡定

处之,然而当我发现之前服用的化疗药不再奏效,而我要再次服用"Dex",这真的让当时的我难以承受。我的眼泪夺眶而出。事实上,我几乎是泪如泉涌。我不断咒骂着"人生真是不公平"的话。但这也只是帮我治疗癌症的人完成工作职责的时刻之一。

护士知道我肯定会对此很苦恼,她早有准备。当我跟个小孩一样又哭又闹的时候,会议室的门突然开了。只见另一个护士和着iPod播放的歌曲节奏跳着舞——我没有讲笑话……真的是跳着舞穿过了门。然后又一个护士进来了。接着又是一个。接连有八个护士跳着舞进来。我当时完全愣住了,感觉这一切都不真实。然后我突然反应了过来……这是一个即兴的舞会派对!在医院举行的舞会!我简直不敢相信。接下来的五分钟,我们放声大笑,随歌起舞。尽管这个舞会很简短，但却足以解决我的问题，脸上的眼泪干了，被无尽的欢笑取代。随着护士鱼贯而出，我也更加能看到事情积极的一面，我想到杰夫和布里，想到我甘心承受这地狱一般的化疗的原因。是的，再次服用"Dex"并接受随之而来的难受体验是无可避免的，但护士们给了我足够的鼓舞，让我用更加清晰的头脑思考一切，尽管"Dex"会让我的身体很难受，但我想我会承受住的。

  每个人都不得不做一些自己并不情愿做的事。有时，当你深吸一口气，让自己从当前的沉重情绪中抽离，并换一个角度去看事情时，困境往往会容易承受和处理一些。化疗很讨厌。"Dex"很讨厌。所有跟癌症有关的东西都讨厌得要命。但我的女儿和丈夫是那么让人留恋，当我知道有两个我挚爱的人在岸的另一边等我，哪怕让我在毒河中游泳也值得。

· 受挫时勇敢反击 ·

"你拥有超越自己想象的能力。尽力一试,然后你会明白我的意思。"

——受挫时的"勇敢反击"卡片

6

在想到为布里安娜准备卡片的主意之前,我收集了一些纪念品,想帮助她记得我。

一开始是放满合照的基础相册。开始化疗之后,当时我还不知道自己的病情会发展到什么地步,我重新安排了工作时间,把每周周一空出来陪布里。那些日子也就成了"妈妈的星期一",这种安排持续了一年,直到布里开始上幼儿园。每周周一我们都会去上舞蹈课、练体操、去动物园、玩耍、去水上公园、看电影或者参加沙龙。我们度过了许多欢乐时光,这期间也拍了很多照片。

后来我开始录视频。我独自坐在沙发上,一只手拿着麦克风,对着镜头讲述我是谁、我喜欢布里什么地方、我是多么多么想念她等等。录到最后,我只能自己大喊一声"停",因为就连摄像头好似都厌烦了我。我担心万一布里从别人口中听到关于妈妈的各种有趣和精彩的事情（但愿），却无法在镜头上看到同样鲜活的人。

于是，就跟克雷默通过参加老默夫·格林芬的脱口秀来改变状态一样（我到目前为止最喜欢的剧集之一《宋飞正传》第九季第六集），我也重新做了打算，决定做更多的"真人秀"。由我朋友的妹妹和妹夫负责摄像和制作，我们拍摄了布里和我在屋子内外的所有日常生活：玩玩具、看足球赛、准备晚餐、看书或者仅仅只是谈论白天发生的好笑有趣的事情。没有什么特别让人激动的大事，但这种写实的拍摄却真正地反映出我们母女之间的交流和爱。

现在我仍然会直接对着摄影机录视频，不过杰夫会陪着我一起。趁着朋友们在楼上逗布里玩，我们便跑到地下室录。我们一起回忆布里刚出生的日子，回忆杰夫和我相遇的过程。我跟杰夫天生就都是感性的人，这自然也增加了视频的吸引力。不过录视频的过程还面临一个挑战，因为我们得决定究竟是对哪个布里说话。当要讨论我跟杰夫是如何相遇这种话题时，这个问题就显得相当重要了。布里会不会在她五岁、十岁、十五岁、二十岁、五十岁的时候都把录像带翻出来看？我们究竟是该把她当一个孩子那样去讲述，还是把她当成年人呢？也就是说是把这归为"普通级""需要家长指导观看级"，还是"限制级"的呢？因为没有小孩会真的想了解太多有关自己父母的"限制级"之事，所以我们决定将其定在"普通级"到"需要家长指导观看级"的范围内。而布里肯定也会更多地认为这是一般级别的视频，因为就在杰夫和我谈论我们生命中大为感动的时刻之一时，她突然从楼上跑了下来，大唱着"一闪一闪亮晶晶"冲进地下室。幸好，当时摄影机是开着的。

没过多久，我开始录音，随机地录音。我给布里读她最爱的书，唱歌给她听，包括那首布里很小的时候我套用《生日快乐》的旋律即兴填词而成的《晚安》，我把这些声音全部录下来。我唱歌并不好听——事实上，是很难听——但当小宝贝哭闹着不肯睡觉的时候，我还是会尽量用我难听的声音即兴创作摇篮曲。当然，正如前面提到的，我也把与月经和性有关的谈话录了下来。我还对小布里进行了一些小采访。我们谈论她第一天去幼儿园的情景，还有她三岁时我们一起去迪士尼乐园的情况。那次去迪士尼，还是通过众筹网站筹的钱，还有一群特别亲近的朋友想让布里认识艾尔莎。之前我们发誓在布里满五岁之前绝不带她去迪士尼，因为我们想等她能记事了再带她去。但因为不知道我是否还能活着看到她满五岁，所以我们趁着还能去的时候去了，完成了一段神奇之旅。在布里看来，她遇到的每一个公主都是真的。有了拍的那些照片，还有我们俩谈论这场旅行的录音，哪怕布里一辈子都不忘记我也不会觉得惊讶。

完成录音之后，我在谷歌上搜索"濒死母亲"，想寻找新的灵感。这是不是有点病态？是的。有没有用？有用。当时我还没把贺卡故事放到网上，所以无需担心在各门户网站的不同版面看到我自己的脸。"皇天不负有心人"，我找到了一些工艺品网站，可以定

制首饰、首饰盒或其他的盒子,上面还可以刻上我与布里的关系,或跳舞、大笑、爱这些字。我还找到了专门供妈妈们记录遗赠的书,可以记录在哪里出生、在哪里工作、最喜欢的事情和一生中难以忘怀的记忆。

当然,我也为布里准备了一些我的私人物品,比如首饰、我自怀孕起开始记的日记、过去这几年我们乱涂乱画出来的一摞笔记本。我要留给布里的所有东西,无论是这些私人物品还是前面提到的视频和录音,全都交给杰夫保管。所以是否把这些交给布里或何时交给她,全凭杰夫决定。

其中也包括名声在外的这些卡片。

一开始我大概是买了四十张卡片。到目前为止已经累计有七十张。有一些卡片是给杰夫的,写给他未来生活中的特殊时刻。还有一些是写给朋友们的,等我死后杰夫会将其送给朋友们,多半是感谢他们为我做的一切,在他们心中留下最后的鲜活印象(我将通过这种方式做最后的告别)。当然绝大部分都是写给布里的卡片。

在卡片上写下寄语,跟生命中其他艰难的事情一样:往往是想起来容易做起来难。我并非买了一堆卡片,然后回到家,兴高采烈地一张张写好。我买了卡片,回到家,却长久地注视着那些卡片,想自己为何会买这些东西,想我到底要如何通过它们来传递心情,那些卡片被我收了好几个星期才拿出来。我一张都写不了。大概是因为它与结局有关吧。明明知道自己无法再见证女儿的生日,叫我如何能平静地祝她生日快乐?还有一部分原因,大概是担心布里看到这些卡片的反应。二十或三十年后,布里会嫁给什么样的人?我无从知晓,那结婚贺卡究竟该如何下笔呢?或者说我的祝福对她而言还重要吗?

我努力让自己跨越障碍,不去想这些恐惧和忧虑,而是想布里若是收到其中一张卡片,说不定会是怎样的惊喜和兴奋呢。我想象她在婚礼那天，穿着漂亮的婚纱独自坐在一个安静的房间，想着人生和即将开始的结婚典礼。这时杰夫满脸笑容地走进房间。他先是给布里一个大大的拥抱，告诉她他是多么为她骄傲，尤其是妈妈，更会为她骄傲。那是属于父亲和女儿之间的温情时刻。然后杰夫从燕尾礼服的胸袋中拿出我的卡片。最外面是我手写的"布里安娜"。他把卡片递给布里……布里顿时惊呆了！仅仅只是看到那卡片，布里便不受控制地泪如雨下，而她再过一会儿就得走上婚礼殿堂。眼泪模糊了原本精致完美的妆容，顺着脸颊滴到婚纱上。她冲杰夫大喊："你怎么可以这样对我？"然后把那还没打开的卡片直接丢到地上，狠狠踩上去，连鞋跟都踩坏了，冲门而出……

"别想了！别想了！"

在写这些卡片的时候，每当思绪沉浸在这些想象出来的糟糕场景中时，我就一遍一遍这样告诉自己"别想了"。这个过程中的思想斗争特别激烈，每写一张我都得努力克服心中的恐惧和忧虑，说实话每一张都写得很艰难。这些卡片是否能为布里带去一点快乐？还是会让她的快乐戛然而止？看到这些卡片，她到底是会感觉幸福、悲伤还是愤怒？因为卡片是交给杰夫保管，而我知道他肯定能判断出特定时期是否要把相应的卡片给布里，想到这些我才能继续说服自己好的可能性大过坏的可能性。试想，当你收到一个爱你超过生命的人给你写的卡片，而那个人已经去世多年，你会是什么样的心情？还有比这更好的礼物吗？我知道，我需要做这件事。

于是，趁着布里去学校上学的一天，我从抽屉里拿出那一大摞卡片，在布里的小床上找了一个舒服的姿势，开始写起来。卡片上的话都写得不长，只有婚礼的那张，我写了很多字，还不得不另外附加一张纸，来表达我多么希望能参与她人生中最辉煌的日子。我并不去管文字是否有诗意或深刻。反正所有话都是我的心里话，是我希望能当面跟她说的一些话。几小时一下子就过去了，当时我完全沉浸在自己的思绪中。之前大部分的疑虑随着卡片的书写而开始消散。那绝对是我接受过的最佳的治疗手段之一。即便知道自己时日不多，但我还是感受到了一种自由和欣慰，因为我知道哪怕我离开人世许久，也还是能与女儿说上话。而且，更重要的是，我的小布里还能听到妈妈的声音。

经过这一阶段之后,唯一的困惑就只剩下:"当她看到这些卡片的时候,会是什么样子?"有些卡片,我也不知道该如何署名。到那时我还会是她的"妈妈"吗?要是杰夫再婚,他的新妻子将会成为"妈妈",而我就会变成"希瑟"或者"那个生我的女人?"如果她有了新妈妈,我再署名为"妈妈"或者给她这些卡片,是否会越界?想到这些,我还是忍不住掉了几次泪。我知道这个是否还是"妈妈"的问题并不是多严重,只是很复杂。对我而言,如果布里能有一个新妈妈去照顾她,那固然是最好的。如果真的那样,我肯定发自内心地高兴。我心甘情愿地让位!但是当下,想到未来我将不复存在,而布里又有了新的妈妈,那种感觉可以称之为"苦乐参半的喜悦"。这是一种很难用言语说清的复杂感受。

不过就跟患病以来我感受到的其他强烈情绪一样,我能够接受它们。我把卡片摊到膝上,手握着笔,通过眼泪释放情绪直到情绪过去,然后再继续写。

尽管每一张卡片都写得不容易,但这段经历绝对值得。我希望布里能够喜欢我为她准备的视频、音频,我为她做的或留给她的东西,但我觉得没有什么比在她人生中特殊的日子或需要妈妈的时刻收到我亲手写的话语更有震撼力。我无法给她拥抱、亲吻或面对面的谈话,但这是我能给的最好的东西。如果她不想要其中的某张或某些卡片,也没有关系。反正当她想要或需要的时候,卡片就在那里。哪怕只是知道这些卡片的存在,对她或许就已经足够治愈了吧。

顺便说一下,我最后还是署名成"妈妈"。其中有几张署的是"希瑟妈妈",因为布里有时候会开玩笑地这样叫我。你知道吗?到最后我对这件事完全满意。我不知道多年以后我对她而言意味着什么,但通过这个过程我最后得出结论,我所想的或者担忧的那些东西根本不重要。如果布里想看到那些卡片,那很可能是因为她还记得我并且记得我们之间的特殊感情,而如果我的署名不是"妈妈"或"希瑟妈妈",那对她而言才不对劲呢。

·成长的鼓励·

"如果你想做一件事情,马上去做。说不定明天你就会命丧虎口。生活中,并不存在所谓的做某事的最佳时机。无需等待。去做就好。"

——长大后的鼓励

7

对于想做的事情,并没有所谓的"正确"时机。是的,我们或许能在某些方面掌控生活,但命运很多时候让我们身不由己,我就是一个活生生的例子(当然我也快要死了)。如果你迟迟不行动,只因为你觉得时机不对,那很有可能那件事你永远都做不了。

去年夏天,"以爱之名基金会"向所有的受伤老兵以及患有严重疾病的人免费派送演唱会门票,杰夫跟我也得到了在密尔沃基观看克鲁小丑乐队(Motley Crue)演出的门票。我们都很喜欢克鲁小丑乐队。准确地说,我们爱克鲁小丑!布里小的时候,杰夫唯一给她唱过的"摇篮曲"就是《甜蜜之家》,现在布里还会自己在客厅里"摇滚一曲"呢。克鲁小丑的演出我们起码看过上十场,现在我很后悔的是,当初结婚典礼的第一首舞曲没能放他们的歌(我在另外的卡片中有向布里提建议：婚礼那天，勇敢地做你自己想做的事情，不要管别人的想法或期待）。

克鲁小丑乐队宣布这一次的世界巡回演唱会将是他们的告别之旅——毫无疑问，这刚好也是我的告别之旅。我们提前几个月就知道被选中去看演出了，但并不确定到时是否能按时出席，因为癌症似乎讨厌我喜欢的所有事情，总是千方百计地破坏我计划好的生活。

演唱会前三个星期，我到肿瘤医师的诊所注射了一种新药，目的是暂时阻止癌症的恶化。但就在注射前，医生发现我的肝酶大幅度升高。简单说就是，以我当时肝脏的情况，如果医生给我注射了那种药，那我撑不了几天就会死掉。不用说，我们自然放弃了原有的计划。医生当场把我留下，对我进行了发病以来最为残酷的组合化疗。那一切肯定是撒旦的杰作，我被困在医院，身上挂着盐酸二氢吗啡酮镇痛泵——我可以根据自己的需要随时按键，按下之后便能得到想要的止痛药（为什么不给所有人都装一个这样的装置呢？）。第一天，我整整按了九十三次键。是的，我自己计了数。不然我还能做什么呢？我的疼痛程度如此之可怕，以至于医生都无法确定这究竟是由于肝脏病变（坏）还是由于治疗癌症的化疗引起（好）的。癌细胞被消灭的时候会发出尖叫——当被化疗药物杀死，它们的尖叫就是我感受到的疼痛。当然，要是我的肝脏不行了，它也会发出尖叫。

第二个周末，医生只给我注射了混合化疗中的一种药物（尽管还是很糟糕,但会比先前好一点),然后我这个周末也可以回家了。但医生说我下周四还得回医院进行后续治疗——也就是演唱会前一天。回家的那个周末,我们与临终关怀的工作人员见了面,因为如果我的肝脏情况恶化,我的身体状况势必也将急转直下。情况就是这么严峻。跟性命比起来,看我最爱的乐队演出自然没那么重要。不过毕竟还留着一口气,于是我给基金负责人打电话,告诉她这些情况。

"我们没办法了。"我对她说。但在我看来已成定局的事情,她却不这么看。

"先别急着下定论,"她说。"现在离表演还有一周时间,谁也不知道接下来会发生什么或者你的感受会有什么变化。我们先等等看吧。"

我的身体每况愈下,说不定没等到演唱会就会死掉,但她似乎完全没考虑这些。

演出前几天,那个女负责人给我发了一封邮件。她告诉我基金会不仅打算送给我们四张票,好让我们再带两个朋友一起去看,而且还安排了我们在后台与乐队成员见面。看完邮件我惊呆了。多好的机会啊!但我的兴奋没能维持多久。还是因为那该死的癌症,它压根就不理会我的日程安排。

那个周四,我接受了最后一阶段的化疗药物,感觉很难受。我在心里对自己说,肯定没办法去看演出了。第二天下午,也就是演唱会当天，我得将一些液体注入身体中以补充水分，这也是化疗之后的例行程序。当时我跟杰夫坐在那，感觉还行。

"你知道吗？"我对他说，"我觉得我们应该去。"

"去哪？"他问。

"去看演唱会。"

"什么？你疯了吗？"

"也许吧，但我现在感觉很好。"我也来了一点精神，"我有精神了，我不想一整个周末都这样坐在这里，放着演唱会不看。"

医生们向来擅长给补充意见，于是我问我的主治医生我们该怎么办。是去看克鲁小丑乐队的演出还是瘫在客厅的沙发上？

"我觉得你们应该去。"医生郑重其事地说，"哪怕真有什么事情发生，密尔沃基也有医院。"

嗯，是的……我想当你身患癌症，这会带给每天的日常生活很多麻烦，你不能过于简单地想问题。

等到输完液之后，我说服杰夫跟我一起去。我们俩飞奔回家，打包好所需的东西，从学校接回布里然后将她送到保姆家，及时赶到了密尔沃基跟我喜欢的乐队见面。不过他们没让杰夫和我的朋友们跟我一块到后台，这让我感觉有点不是很高兴。我觉得我都快死了，为何不能例外一次呢。不过我很快摆脱了这小小的不愉快。我穿着黑色的印着"我还没死"的T恤，顶着一头闪亮的紫色假发，玩弄着受伤的白金癌症卡片，很快就轮到我去见乐队成员了。那种

时刻,应该把卡片用上,对吧?

"你们好。"我露出灿烂的笑容,同乐队贝斯手兼联合创始人尼基·赛克斯紧张地握手。"我是希瑟,很快就要死于癌症。我想,应该很快。"总要有个人来破冰。我向所有乐队成员表示感谢,感谢他们这些年来带给我们的美好记忆。我还跟他们说,很高兴这是我和他们共同的告别旅程。我不曾想到,公众眼中向来行事疯狂的尼基竟会是感性的那一个。

"听我说,希瑟,"尼基的双手搭住我的肩膀,直直地看进我的眼睛,"我会为你竭尽全力,让今晚的演出精彩圆满。我希望今

晚成为你人生中最棒的夜晚。"

他做到了。

我们的位置视野很好,而那也的确是我看过的克鲁小丑乐队最棒的现场演出。演出结束之后,我觉得这一切都值得了。尽管我跳了一晚上的舞,以至于连走回车上都觉得费劲。第二天我整整睡了一天。但如果再给我一次选择,我还是会这样做。正所谓"天下无难事,只怕有心人",就我的这个例子而言,只要你足够坚定并且敢为人先,便能做到超乎自己想象的事情。我当时面临的选择是:

在床上躺一整天，等待治疗引起的疼痛和副作用向我袭来；或者打起精神抓住这个难得的机会，与我最喜欢的乐队见面。在我剩余不多的日子里，无论我的情况变得多么糟糕，只要想到那个夜晚我就会一直保持微笑，而杰夫也将一直铭记那个夜晚，我希望他能记得一辈子。

抓紧机会，做你能做的。不要总认为时机不对而不去做你一直想做的那件事，不要让自己的人生在悔恨中度过。如果一头熊想吃掉你，那它就会吃掉你。熊就跟死亡一样，从来不给你讨价还价的余地。

· 你可以做到 ·

"我曾经也害怕在众人面前演讲,直到有一天我在一大群陌生人面前谈论我的癌症,我才意识到我不仅仅能做得很好,而且我竟然还很享受演讲!所以别让恐惧成为你做任何事情的绊脚石,就算失败了又怎么样?别因为不去尝试而留下遗憾。"

——一张"你可以做到!"卡

8

"在这场生存和乳腺癌的球赛中,你就是赢家。你从乳腺癌队抢得球,现在是你的主场了!我们始终为你欢呼喝彩,希望和你庆祝胜利。"在我收到这封来自国家乳癌公益组织当地协会的电邮大概一个月前,我才得知癌细胞转移的消息,再也没有治疗希望,我很可能只有最多两年的生命,当时我感到五雷轰顶。这封邮件无疑是在我的伤口上撒盐,我把和乳腺癌的斗争类比为一场篮球赛,对方是一队和迈克尔·乔丹一样正值壮年的队员,在比赛还剩一分钟时他们打出了 55 分而且还全场紧逼防守。我可以偶尔叫一下暂停来减慢节奏,但是大局已定,我不是赢家,我快要输了,只是在等待最后号角的吹响。

作为一个被乳腺癌主宰生活近三年并预计今年内将丧命的人,

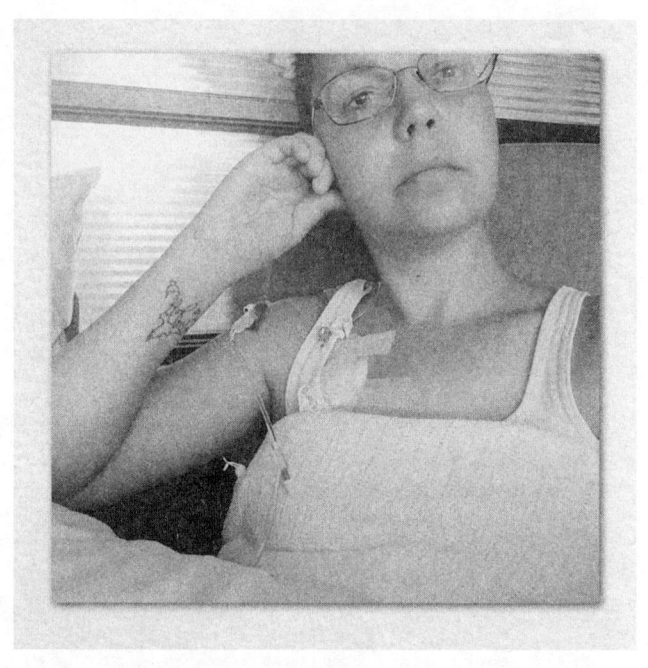

我很感谢所有人在这次斗争中为我做的付出。但我觉得今天随处可见的粉红丝带的故事，尤其是每年十月的"粉红丝带"宣传活动该消停了，人们该把关注点转移。那些支持"粉红丝带"故事的组织和人们的初衷是对的，他们为乳腺癌患者创造了一个可以互相慰藉、互相支持的社区，疾病带来的共鸣是无可比拟的。但我们应该超越防治意识阶段，过度强调防治宣传使这些活动变得商业化，那些癌细胞转移者——我们把乳腺癌转移称为"mets"，所以我们自称为"metsters"——被遗忘了，由于我们已经到了第四阶段，所以"粉红丝带"的故事不适用于我们。

我们这些乳腺癌转移者正在垂死阶段，在美国，每一天都有110个乳腺癌转移者死亡——几乎每小时就有5个人死亡。我们没有战斗机会，也不是人们喜闻乐见的"从此过上幸福生活"故事里的主角，没有所谓的"防治意识"能帮助我们，我们已经输了。你可以说我们坚强，说我们勇敢，但是我们不是生存者，哪怕我们已经完全按照"粉红丝带"活动所说的去做。我没有乳腺癌的家族病史，当我被诊断患病时只有三十三岁，当时癌症处于第二阶段，被诊断出不到一个月以后，我就进行了双乳房切除手术，随后进行了一年多积极的化疗治疗，然后噩耗来了。回想起切除乳房手术一个月后的情形时我感到讽刺，当被告知"从学术上讲……癌症已经消除了！"时杰夫兴奋得挥舞拳头为我庆祝，我们一起欢庆，喜极而泣，给所有人发了信息。我们以为一切都过去了！以为只需在来年粗略地做化疗就可以摆脱癌症。这也是我和无数处于第四阶段的女性无法理解的一点，那么多女性被告知癌症消除之后，又毫无防备地被告知癌症扩散而且快要死亡的残酷事实。防治意识何在？我已经及早发现了癌症（早在我预期拿到第一张乳房X光片的几年前），我也做了所有能做的事情去治疗它，然而这些都无关紧要！真正重要的是病理。

细想波士顿达纳法博癌症中心乳腺肿瘤中心主任埃里克·P.维纳（Eric P. Winer）医生发表在《纽约时报》一篇文章中的话："时常，人们想到乳腺癌会认为它是一个问题。问题解决了，患者就可以过上长寿、正常的生活，它只是生命中的一次小风波。然而事实是每年大概有四万人死于乳腺癌——她们全都死于癌细胞转移，那么你可以理解为何癌细胞转移的病人在乳腺癌倡导社区中感到被忽视了。"

在我的药物治疗过程中，都有一个"粉红色"的声音在说"早发现，早救命"，好吧，早发现有可能能救你一命，但也有可能救不了。是的，该去拍乳房X光片的时候就要拍，也许越早越好。但你需要知道那还不够，这就是为什么找到对的治疗方法需要放在第一位，只有找到对的治疗方法才能真正地打败癌症。

针对乳腺癌的活动的商业化是明显的，铺天盖地的宣传让我们这些患者从未忘记自己患病，哪怕只有一天。每当十月份，只要我看足球比赛，就不可避免地看到粉色鞋子、粉色手套、粉色球服、粉色点球旗，还有戴着粉色帽子和穿着粉色运动衫的球迷。在商店和网上，我会发现系了粉红丝带的蘑菇、系了粉红丝带的酸奶咸脆饼干、系了粉红丝带的西瓜、系了粉红丝带的鸡蛋、系了粉红丝带的胡椒喷雾和系了粉红丝带的电枪，是的，系了粉红丝带的电枪。他们无一不在说，当成千上万伏特电流充进你的身体，请记住："早发现，早救命。"

所以在我中招的时候，还能做点别的吗？

首先，就提高防癌意识而言，我会致力提高对各种癌症的防治意识。乳腺癌最受关注，可为何只关注这一种？我们对其他癌症的

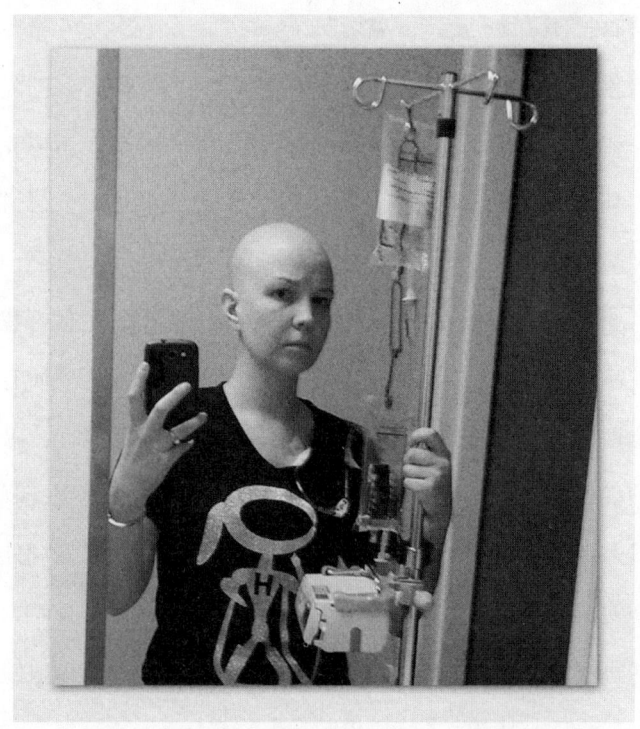

认识又有多少？每年都有数以千计的女性死于卵巢癌，你对于发现和治疗卵巢癌有多少了解？我个人从未接受过关于它的教育。只针对身体某一部位的癌症有防治意识，还不如有全面的防癌意识。

第二，应该投入更多的资金推进研究治疗方案，提高防治意识是好事，但是促进研究治疗方案远远比提高意识好，对此我没什么可说的。

第三，所有患癌者都应该被关注，包括从第一阶段到第四阶段，所有类型的癌症。很多人没意识到男人也有可能得乳腺癌，摇

55

滚乐队KISS的原鼓手皮特·克里斯（Peter Criss）就是近年来比较有名的男患者之一。对于癌症转移者，特别是那些相当年轻的人，比如我，在如何度过第四阶段方面很少获得资源和建议，所以我们中许多人都感觉被孤立了。为了不让其他还有生存机会的人恐慌，在患者互助组织里我们被多次要求"粉饰"自身的处境；甚至，你信不信有些癌细胞转移者被要求离开互助队伍？真的，他们把我们看作手持镰刀的死神，相信我，我最后想做的事情就是吓唬所有人，但这也改变不了我的命运。对那些年轻的癌细胞转移者，应该有更多的现成的资源，因为无论你喜不喜欢，我们还活着呢，我们还要过日子。我只好在社会媒体上追踪和寻找癌细胞转移者同伴，我们之间的纽带的重要性不可言喻，他们对我生命的积极影响之大也是无法言喻的，我永远感激他们每一位！我们帮助彼此度过短暂余生——在我们找到彼此之前却并不容易。

特别感激的是他们鼓励我克服我最大的恐惧之一：公开演讲。以前只要想到在众人面前讲话，我就感觉反胃。即使是在小会议室，在我认识的人面前演讲，我都会找借口不参加。我并不以此自豪，当我怀了布里，我曾多次推迟一个本来预计要进行的15分钟演讲，一直到我知道休产假之前没机会演讲了才放下心来，我就是那么惧怕演讲。然而，自从我被诊断为乳腺癌细胞转移后，我学会站在上千人面前演讲，通常没有任何提前准备，没有彩排，没有提示卡，我只是发自内心地演讲。刚开始的时候我非常不情愿，到现在我可以充满激情地演讲。我明白我不能再沉默，任由那样的机会溜走。从我收获的掌声和评语来看，我想我还是很擅长演讲的，所以我把新发现的演讲搬到社交媒体，公开分享我的故事，为所有乳腺癌细胞转移者发言，虽然这不是面对7万人和全国电视观众的周日下午举办的全国橄榄球联盟赛演讲，但任何有价值的事业都必须从某地开始。

我感觉在某种意义上我是违逆"粉红丝带"潮流的，但我不反对"粉红丝带"活动也不想贬低"粉红丝带"活动为其他女性所做的贡献。我只希望人们了解"粉红丝带"不能代表我们这些处于第四阶段的患者，而且并非每个早期患者都能通过遵从特定的方案就避开第四阶段。我认为我们到了一个临界点，不能再停留在利用"粉红丝带蘑菇"和"粉红丝带电枪"提高防癌意识的阶段，而应

把更多时间和资源投入研究,去寻找具体的癌症的治疗方案。最近半年以来,我失去了三个非常好的朋友,她们死于乳腺癌癌细胞转移,这意味着六个小孩没有了母亲。那些面对最终诊断的患者缺乏资源。我不久也将离世,我有责任发声,鼓励其他人和我一起致力于此——在我走后也继续。

乳腺癌癌细胞转移的患者确实存在,我们的故事并不美丽,但是我们同样重要。早发现乳腺癌可以有所帮助,而研究和治疗将救人一命,虽然不能救我的,但也许能救其他人的,甚至可能是布里的。

· 布里安娜十三岁生日 ·

"我知道你很棒！不用任何人告诉你你也知道青春期不容易，你有时会感觉整个世界都坍塌了。不过你总会熬过去的，如果你需要找个女朋友倾诉，我有很多女性朋友愿意聆听。"

——布里安娜的十三岁生日

9

我的肿瘤医生正式把我的病归类为晚期，我和杰夫在开车离开诊所前，默默地在诊所落下了几滴眼泪（尽管我相信我可能小声说了几个不适合打印出来的词）。我们目瞪口呆，无言地坐在停车场里，不知该怎么办。我们死死盯住挡风玻璃，望向远方，不敢相信这一幕又重现了，离我初次被诊断出乳腺癌已有16个月，一年多的治疗本该使我的病情好转。我偶尔看一眼杰夫，耸耸肩。然而这么不公平的事我们又怎么搞得懂呢？我知道我们需要想出一个计划……还有什么比打电子游戏和喝酒更好的方法吗？

我们在肿瘤诊所外逗留了五个多小时，我又饿又渴，我快要死了，红酒是能使不好的事情好起来的最终处理方法，其次是美食配啤酒。

毫无疑问，我们决定了继续过正常生活，当然不可避免地，这将是新的正常生活，实际上，这将是"全新的正常生活"。我的第一次新的正常生活是在我被诊断出患癌时，我需要根据初期乳腺癌症状调整生活，而现在我需要根据伴随终生的癌症来改变我的生活，这就是"全新的正常生活"。我会把工作辞了，花更多时间陪布里，我的生活日常将充满无数次医生会谈和古怪的症状，比如我之前并未察觉的身体上难忍的疼痛。看见因肿瘤引起的发烧导致的五颜六色火星在我头上盘旋，忍受因为药物治疗尿出各种颜色的小便。但我们希望尽可能地使一切受控制，我们没有取消计划或悄悄地规避我的病，抑或不告诉任何人。我们觉得最健康的方式就是做自己，希望其他人可以跟随我们。

我从朋友和家人那儿获得了非常多的支持，多到永远无以为报。我们的正常生活因他们而热闹，全新的生活自然不能没有他们。无论是组织餐饮、陪我做几个小时的化疗，让化疗时间变得有趣、确保布里的日常活动尽可能正常（照常上舞蹈课、玩耍，尽管有时计划毫无预兆地发生变化）、帮忙做家务和整理庭院、拖我去肿瘤科输液（通常我会争辩说我没事），抑或是仅仅和我们聊天，我想我不会遇到比他们更棒的人了。当我们向大家公布我已癌症晚期时，他们很难接受，但我总是很坦率，我告诉他们一切不会因为这件事有所不同，也没有话题禁忌，除非他们自己把情况弄得尴尬。

在向大家公布消息几个星期之后，我们举办了每年一次的"獾州人"（美国威斯康星州人的别称）足球赛派对，和往常一样人谈论的主题是死亡，过来参加派对的人们用他们的方式面对我的疾病。有些人比平时更寡言了，因为他们仍然觉得谈论我的状况容易令人不舒服和情绪激动，有些人跟我交谈就像我的行为和外表与常人一样——说起来，我的诊断结果出来前四天，我还参加了"脏女孩泥潭障碍赛跑"——她们都不相信我已经是快死的人。我认为他们都有两个共同点，那就是很友善地为我和杰夫提供各种帮助，而我即将到来的死亡对他们是"人终有一死，随时都有可能离去"的现实检验。许多人压根不知道对我说什么，说实话我不介意。这是一场派对，不是葬礼，我知道他们想对我说的话总会在某个环境、某个正确的时机下适时地表达出来。我和杰夫举办派对的原因就是希望一切如常，那天朋友们很好地帮助我们达到了这个目的。

然而在开派对的几个月后，毁灭性的消息让我在剩下的短暂生命里清晰地知道如何确定朋友的优先顺序，当然不是我特意去排序，只是很明显有些人并不是真心关心我们，他们好管闲事，喜欢探寻血淋淋的细节，不断地纠缠我追问我的近况，好让他们可以说长道短，有一个"垂死的朋友"的故事成为谈资，而不是帮助我们渡过难关。即使是在得知癌症晚期后这么长时间以来，我仍然对人们各自对此事处理方式的多样性感到惊讶。

2013年《洛杉矶时报》有一篇苏珊·西尔（Susan Silk）和巴里·戈德曼（Barry Goldman）写的文章非常有趣，文章讲述了抱怨的"圆圈理论",又称"往内安慰,往外抱怨"。操作方法是:画一个圆圈,圆圈中心写上一个受创者的名字(我),在圆圈外再画一个大点的圆,然后写上和圆中心最亲近的人的名字(杰夫),继续增加圆圈和名字,画好以后,就形成了一个抱怨的规则,圆中心的人可以在任何时候向其他任何人抱怨任何事,其他人也可以抱怨,但只能对圈外的人抱怨。在中心的人,其他人的目标是要帮助他。往内安慰,往外抱怨,而这理论看起来是不公平的,正如文章所写的:"别担心,你也有机会进入圆中心,尽管放心好了。"

我早就发现要人们对我的癌症和诊断结果感觉好些是一件太费神费力的事了,几乎都是"往外安慰,往内抱怨",朋友们经常叫我保证我不能死,因为那对他们来说太苦恼了(我想我自己或我女儿、我丈夫应该更苦恼吧),好多次我都被要求别用那个医学上精确的词:"终点",因为那太消极了。我回应他们说:"嗯……但是我们都总会到达终点。"我仍拼尽全力生活着,做个好妈妈和好妻子,不能死,照常履行职责。其他成年人可以为自己的情绪负责,而我首先需要照顾好我的家庭。

当然,诊断为癌症晚期也让你知道谁是你最亲密最好的朋友,有的朋友也能分享我枯燥而病态的幽默感,很自然地接受了我即将死亡的事实,有一天我和一个女性朋友远足,有几只秃鹰在头顶盘旋。

"它们在找什么?"我问。

"可能在找你吧。"她答道。

要是我们站在悬崖边上,我大概会笑得掉下去了。(我总说患癌晚期不代表我会因癌症而死,随时都有可能发生任何事。)

在这段非常艰难的时光里,那些没能为我做到的事(虽然都很感谢,当然),好几个朋友都答应在我走之后他们会为布里做。一个朋友跟我说,她留意到我给布里挑选了漂亮衣服,她保证布里会一直穿得很时髦。另一个朋友说,等到布里长大以后就教她化妆,也有几个朋友说,如果布里需要跟女性交谈,她们会在身边,不论是谈论男孩、学校,还是任何事情。有一个朋友说,会保证布里一直拥有很好的幽默感。她们全都说会保证她们之中至少有一个人出

席布里的舞蹈表演会。

在我确诊为癌症晚期的几个星期之后，几个女性朋友来到我家陪布里，这让我看到她们多认真地照顾布里。布里见过我的所有朋友，不过通常是和其他的小孩一起，而这一天只有布里一个小孩，而且是唯一一个受大家关注的女孩。"妈妈，既然我和你的朋友一起玩，那她们也是我的朋友了对不对？"在朋友离开之后，布里问我。她后来还好多次提起那天的事，让我的心感到温暖。

我知道我走了以后，布里会被许多人抚养。我的离世对她来说并非一件轻松的事，我们不定期地去看儿童心理医生，在我走后，她还能继续看心理医生。我录了录音给布里听，也录了视频给她看，还有为她人生中每一个特定的时刻准备了卡片。但是陪着她渡过难关的是那些朋友，对于一个不久后将不能对布里尽母亲责任的垂死之人来说，再也没有比知道他们总会伸出援手更让我平静的事了。

· 突 破 ·

"有时你需要来一瓶酒,窝在沙发上,看一整天的电视真人秀。时不时地你也需要放空大脑,从忙碌的生活中抽身而出。尽管自哀自怜吧,想哭就哭。只要你第二天能一切如常。"

——当你分手或经历了糟糕的一天

10

　　每当看着照片回忆得癌症之前的日子，我总是感觉心情难过，因为那样的生活在癌细胞侵袭我身体的那一刻便永远离我而去了。而当我想到未来的日子，心里更是备受煎熬，因为癌症，一定也会想方设法把未来的那个我杀死。

　　对于即将到来的死亡，我可能说过很多戏谑的话，但心里其实还是会经常感到悲伤。我被癌症无情地打倒和践踏过成百上千次，每一次当我鼓起勇气站起来，又会毫无防备地被其他东西攻击——新的肿瘤、副作用、不再有效的治疗——这些事情好似一个个深不见底的黑洞将我不断裹挟。癌症以凌迟处死的方式将我一点一点吞噬，直到我什么都不剩。如果说面对这数不胜数的无情攻击我还不觉得受伤，那我就算不得正常人了。

为了让自己走出这无尽的地狱,我每分每秒都跟自己重复心理医生告诉我的四字箴言:"活在当下。"忘记过去。忘记未来。过去和未来都不重要。重要的是现在。活着。大声笑。爱。

有时早上,当布里上学走后,我便一个人在沙发上坐几分钟,出神地望向窗外。没有电视,没有电话,没有行程安排。我不去刻意想任何一件事。把大脑放空。我喜欢《宋飞正传》有一集中,伊莲恩和她的男朋友大卫·普迪一块坐飞机。伊莲恩捧着一本书,普迪则目视前方,似乎对这趟飞行十分满意。这让伊莲恩有些不解。

"要看书吗?"她问普迪。

"不用了,我很好。"普迪回答,仍然定定地望着前方。

(长久的停顿)

"那你要打个盹或者……"

"不用。"

(长久的停顿)

"那你就这么坐在这,直直地看着前面座位的靠背?"

"是的。"

又是一阵长久的停顿,伊莲恩突然爆发,和普迪分道扬镳。很自豪地说,我跟普迪差不多,能够不需要任何消遣地安静待着,完全沉浸在那一时刻之中(幸好我和杰夫的感情足够强大,尽管我时常那样茫然地发呆,他也还是留在我身边)。我不知道那是不是必要的冥想,我的思绪只是那样飘着。无论给它冠上什么样的名字,

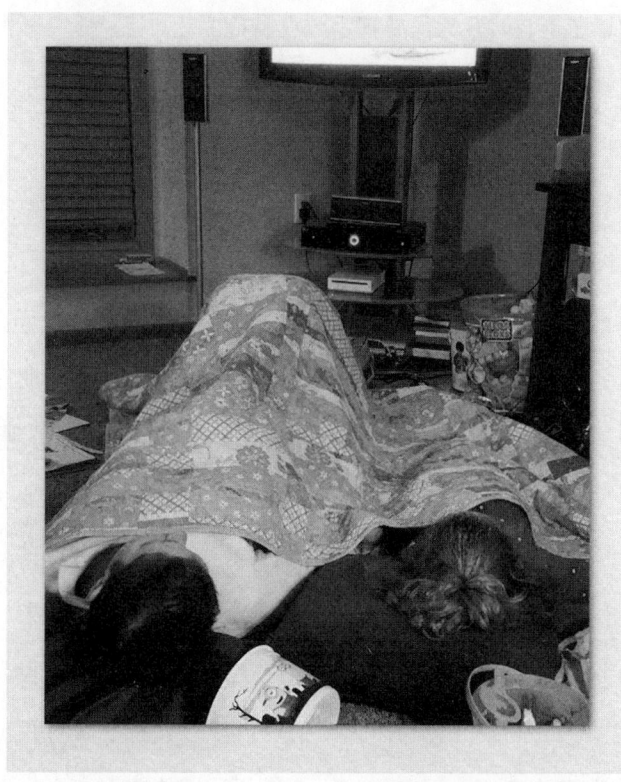

总之这种方式很有效。它让我感觉舒畅。让我获得平静。就在当下。

我的心理医生（被诊断为癌症晚期之后必然需要看心理医生，癌症就是喜欢摧毁人的心理平静——单单摧毁一个人的身体还不够让它满意）教我通过"无懈可击的自我调理"来活在当下。有时，某些特定的时刻我的脑海里会冒出具体的能让我高兴的事物：一大罐咖啡、一段漫长的散步、血玛丽鸡尾酒配早餐或者一场小憩。但如果我感觉任何东西都无法缓解我的痛苦，我知道这肯定是我寻找的方向错了。有时我只需要把手放在胸口，让自己感觉并紧攥那痛苦，直到它过去。就那么静静地坐在那儿感受，是一种特别神奇的体验，但这总能让我变得更强大。

青春期时，我从不掉眼泪。也不是什么特别的原因，就是不掉眼泪。我把所有坏情绪全部挤到心底的某个地方，一切似乎都很好。所以后来当我开始定期去看心理医生，并学着如何活在当下，我费了很大的劲才打开心扉。最初几次，我感觉很糟糕，想不明白这有什么好的。我要如何再把自己拼凑起来？但我做到了，坚持到现在。没错，把自己的情绪和感受交给未知来掌控，有时确实需要一点时间才能适应。但我总能找到事情的光明所在，因为释放那些阴暗的情绪能让我看到和感受到生命中的喜悦。

有时，我也会感到心碎——想到自己马上就要离开人世，想到布里就要失去妈妈，想到杰夫即将变成单亲爸爸。有时我也会痛恨身体遭受的疼痛。更多的时候，这两种情绪兼而有之。但不管起因为何或者情绪有多强烈，我都学着顺其自然。情绪是自然而然产生的，无需你去干涉引导。这一点，我活了几十年才最终想明白。我不再把情绪压到心底，是因为那些情绪不属于那个地方。我任其自然产生，任其在我的心里盘旋停留——当然这可能需要一杯酒或窝在沙发上看几个小时的电视——等到情绪过去，我就会变得更加强大。

大部分的情绪都是由于内心受到冲击引起。一天，布里和我都在"玩具反斗城"（Toys RUs），她爬上一辆装了电池的芭比车，并直接开到了过道上。我马上反应过来，这很可能是我亲眼见证布里开车的最接近的机会。那一瞬间，我好似受到了重击，心如刀绞。谁会想到去一个玩具店还会产生这种情绪？这是出乎我的意料的，但我选择听之任之。我马上哭了出来，痛快地哭了好一会，哭过之后感觉就好多了。当时有几个店里的顾客用好奇的眼神看着我，但也仅此而已。我意识到其实大部分人都不会注意到你是哭还是笑，或者说他们更加关心自己的事情，哪怕注意到也无所谓。我想那几个盯着我看的顾客，只是被扑在芭比车上的光头女人吓到了吧。不管怎样，他们也只是好奇地看一眼而已。即便对我指指点点，我也明白让情绪自然释放的重要性，所以我不在乎。

还有一次心被击中发生在新年前夜。当时杰夫和我一块窝在沙发上看电视，看到时代广场上的落球仪式，我们笑得很开心。然而当摄像头切换到相爱的人们彼此拥抱和亲吻，却让我感到悲伤万分。我的一颗心揪紧了。新年意味着全新的开始，是承诺，是午夜的吻，带着开启新事物的兴奋和激动。杰夫和我曾一起庆祝那么多次……但这是否为最后一次？想到这泪水模糊了我的眼眶——我哭得涕泪横流，无法自抑。后来我喝了一瓶香槟，筋疲力尽地倒头睡去。第二天早晨醒来，我为自己破坏了那样一个美好的夜晚而后悔。难道从此以后都是这样了吗？要是每一个特殊时刻，我的心都蒙上悲伤的阴影该怎么办呢？不过杰夫安慰我说没有关系，这种有感而发的

情绪爆发不会破坏任何东西。当然我可能会难过一会儿，但幸运的是我很快就能从这种情绪中走出来。如果被某种情绪击中，我就任由其释放，然后再回到现实生活中。在克鲁小丑乐队的演唱会上，当他们唱起那首《甜蜜的家》，我便是这样做的。前奏一响我就开始抽泣，但我没有刻意去控制自己，而是任由情绪释放，然后用自己最大的声音在杰夫耳边跟着合唱，把自己拉回现实。于是，那样短暂而悲伤的时刻，就变成了我跟杰夫最特别的记忆之一。

　　我也时常在布里面前落泪。我告诉她悲伤没有关系，释放情绪也没有关系。有时我坐在沙发上，看着布里沉睡的脸庞，不由得落下泪来。去年秋天，我原本答应她无论如何都会去参加她最好朋友的生日,结果最后却没能参加。因为我疼得根本没办法走路,就连坐都坐不起来。我心里很难过,因为前一年我也是因为对一种被称为"骨胶"(如果药店没有这种药,那可以到当地的五金店看看)的药物反应严重,结果错过了她这个朋友的生日。布里当时就跟我提到前一年没能参加派对,我便向她发誓,这一个生日无论如何也不会错过……结果我还是没做到。在我们从商场给她朋友买完礼物开车回来的路上,布里问起我派对的事。不用说,我哭了。

"妈咪,你怎么一脸难过呢?因为你想去梅西的派对吗?"

"是的,但我是因为去不成才难过的。不过,我哭一会儿就没事了。我很高兴你能去参加生日派对,迫不及待想听你回来跟我说呢。"

"有时候哭出来,你就不会再难过了。"

"嗯,是的。有时你也会想哭呀,但没有关系。不要担心,只要你玩得开心我就会很高兴,我就会有大大的笑容。"

"妈咪,你常常显得不开心。是因为你不舒服吗?"

"是的。很令人沮丧,因为我也不想老是躺在床上休息。我想起来跳舞,奔跑,跟你一起玩。"

"不过医生们正努力把癌症赶跑,对吗?一旦癌症被赶走了,你就会舒服很多!"

"你说得没错。医生们正在想尽办法。"

"不过哪怕带着癌症,你也是可以跳起来的吧?"

"嗯！还能抱着你呢。哪怕有时候我显得悲伤或者身体难受，但我永远爱你。"

我希望她明白，心里难过的时候是可以自己找一个地方释放的，这样等我不在了她也能更好地应对情绪，从而最终成为一个更快乐的人。

北卡罗来纳州篮球队前教练吉姆·瓦尔瓦诺（Jim Valvano）1993年死于癌症，他曾在一个很著名的演讲中说，我们每天都需要做三件事情："第一是笑——每天都应该开怀大笑。第二是思考——你需要花一些时间来思考。第三就是调动情绪哭出眼泪。试想一下，如果你这一天有大笑、有思考、有哭泣，那就算得上完满的一天、充实的一天了。这样子一周七天，你将获得特别的礼物。"

我带病生活的日子就是这样的，请相信我——相信瓦尔瓦诺教练的话——这种生活确实很精彩。我感觉我的生活处在广阔而强烈的情绪世界中。是的，有时你会感觉疼痛甚至残忍，但当你换一个角度看，你会发现生活的光明和美丽超过你的想象。

· 宠 物 ·

"当心爱的宠物去世,我明白你的心情会有多难过,很遗憾发生这样的事情。你尽管悲伤哀悼吧,但你得知道,总有一天你会从一想到它便悲伤难过转为回忆它曾带给你的精彩与快乐。"

——当你的宠物死了

11

我们给布里买了一条鱼。给它取名为戈尔迪。这是一条很大的有趣又有爱的鱼,给我们家带来了许多欢乐……在48小时的时间内。到我们家仅仅两天,那天晚上我们把布里哄上床睡觉后,杰夫和我就发现戈尔迪肚皮朝天地躺在鱼缸中。尽管可能有人认为这条鱼是被人玩死了,但经过仔细的调查最后还是认定戈尔迪属于自然死亡。

杰夫整个人都"疯"了。

倒不完全是因为戈尔迪死了——对此我安慰了他许多(尽管他那天晚上确实花了不少时间在谷歌上搜索,试图弄明白戈尔迪为什么会死。对于我所说的"哥们儿,不过是一条五美元的金鱼而已……原本死了也正常"这种论调,他并不以为然)。真正让他抓狂的是我们要如何告诉四岁的布里,她的新宠物就这样没了——从

戈尔迪被从水族箱里捞出来并跃进透明的塑料袋中那一刻，戈尔迪便成为她的一生挚爱。我和杰夫曾养过一条名叫密特兹的狗，养了好几年，布里三岁的时候密特兹死了，但戈尔迪的死又跟那不一样。毕竟现在布里又大了一岁，而戈尔迪是她的宠物，是由她亲自挑选并养在她房间的宠物。

慌乱之中，杰夫想出了一个主意。他打算把戈尔迪丢进马桶冲入下水道，再去买一条跟戈尔迪相像的鱼（换句话说，他要随便另外弄一条金鱼）。然后偷偷把戈尔迪二世放进小鱼缸中，这样就神不知鬼不觉了。

主意不错，尤其是考虑到当时我们必须要在天亮之前找到解决办法，但我最后还是表示反对，因为对于戈尔迪的死我不想对布里撒谎。或许更重要的是，已经梳洗妥当快要睡下的我，不想杰夫离开家去沃尔玛买鱼。第二天早上，一夜无眠一直在寻思该如何把这个令人心碎的消息告诉布里的杰夫，走到布里房间，把实情告诉了她。

"亲爱的，我有个坏消息。"他说，"戈尔迪生病了，然后，她死了。"

布里无言地盯着他。杰夫等她落泪。

他等着。

等着。

没有反应。或许是她还没完全醒过来吧。杰夫又等了一会儿，给布里足够的时间反应——因为他也不知道还能说什么。终于，布里开口说话了。

"没关系。那我能再要一条鱼吗？"

杰夫一夜未睡，就是为等这个答案。

"嗯，没问题，当然没问题。"他回答。

"戈尔迪在哪里？"布里问。

杰夫早就知道布里会问这个问题，故自镇定。

"是这样，我们把她带到了湖边，让她在湖里安息。这样她就能跟其他鱼待在一块儿。"事实上戈尔迪已被冲入大海，但这种无伤大雅的小谎言我还是能够接受的。至于戈尔迪死的具体细节，我们也同样避重就轻地带过，毕竟没理由在那种时候惹她生气。说完，杰夫继续等布里反应。

"好吧，不过下次如果我的鱼再死了，你们能不能就把它放在鱼缸中，好让我也能看到它？"

"没问题。"杰夫暗自松了一口气。危机解除。

每个人哀悼的方式都不一样。有些人会区分自己的感受。他们想要尽可能地"往前看"。还有一些人则会沉浸在悲伤中，几天、几周、几个月，甚至几年。这两种不同的人往往不太合得来。潇洒的人认为人得随时表现出坚强的样子，因为生活不会因为任何人而停下来。而不可自拔的人则认为把悲伤留在心底不表现出来其实对长期的精神健康和身体健康不利。

还有一些四岁的小孩，他们需要看一集《嘎巴宝宝》才能恢复心情，重新拥抱世界。

我觉得就这种事而言，大家都按照自己想要的方式来就好了。在我给布里写的所有卡片和录音中，有一个很大的主题就是如何应对我的离世或任何人（或其他生命）的离世：跟随自己的心做任何需要做的事情，然后一切都会好起来的。对于我即将到来的死亡，

我自己也悲伤过一些日子，我选择通过参加一些严肃的缅怀派对来处理这种情绪——流泪、躺在地上、吃东西、喝酒、看真人秀节目、哭得昏天黑地。有些时候也会有特别美好的时光，比如去年秋天，经过难熬的一周，我躺在獾队主场坎普兰德尔球场五十码标线"W"大标志的灿烂阳光之下，感觉很好。这两种应对方式截然不同，但却都是那个时候我需要的。人们总是试图给你各种忠告建议，告诉你悲伤时该如何度过，因为那些方式对他们有用。这时你可以礼貌地表示感谢，然后忽略就行了。你只需要遵从自己的内心，做你认为对的事情。如果有任何疑虑，可以找心理医生或与自己比较亲近的人敞开心扉谈谈。

事实上，布里是否会看或听我留给她的这些东西，我并不在意。对我而言，整理这些东西的过程就是一个自我抚慰的过程，我要做的就是确保当她需要的时候有这些东西存在。如果在我去世五年、十年甚至二十年后，她仍然感到悲痛，想听我为她唱歌或想倾听我的想法，那至少还有这些东西可以给她慰藉。不过如果她无需回头也可以潇洒前行，那自然也不会在意这些。反正还有杰夫在，他知道什么时候该给她什么，这至少也能让我心安。

我留这些东西给布里的最终目的是，确保给她所有她可能需要从我这里得到的东西，帮助她度过人生的艰难时刻。很多时候当亲近的人过世，我们都会希望能有一段录音、一封信，或者我们可以赖以寄托的纪念物，这些东西能支撑我们度过难熬的日子。当然，留给她这些看得见摸得着的东西，本身也具有珍贵的意义……布里会知道我有多爱她，知道我永远为她骄傲。

四岁的布里是那么棒，那么有趣而欢乐。我不希望有任何悲伤的云朵在她的生命里投下阴影。我希望她能够做自己想做的任何事情，永远快乐。如果我的离开将带来阴翳，那至少让我留下点东西帮她驱散乌云。

· 十六岁 ·

"十六岁正值青春迷惘叛逆,但这也是生命中最美的岁月。别管其他人的想法。你只要保持善良、真诚、做自己就好了。"

——致布里安娜十六岁生日

12

　　身患绝症的年轻母亲必然会从别人那里得到两样东西：一是各种关于如何带病生活的建议，二是任何事情都会有人提出帮忙。就我而言（大部分情况下），这两种东西都不是我所期望的。尽管我知道别人都是出于好意才会给出意见或提出帮忙，这样说不太好。但在那种情况下，我得保持对自己的诚实，并选择做对我自己和家人最好的事情。

　　正如我前面说的，癌症让我身边的人把人性中最美好的东西都展现了出来。我的家人和我深刻地感受到人间的善良和爱，如果没有大家的慷慨和支持，我们肯定不是如今的模样。不过有时候，尽管是出于好意，他们还是会跨越某些界限，给我们造成一些额外的压力。之所以提起这个，是因为：我想给那些想向癌症患者尤其是晚期癌症患者主动提供帮助的好心人，提供一些不一样的观点。

开始癌症治疗七个月之后，怀着一丝可以打败它的希望，我服用了最后一剂让人恶心的化疗药物。为表庆祝，我最亲近的一位朋友给我买了一大箱"Nerds"糖果，那也是我一直以来最喜爱的糖果。这让我很兴奋，于是我在社交媒体上发了一张我抱着"Nerds"糖果的照片，然后舒舒服服地躺在沙发上品一杯美酒。第二天早上，我打开电脑，结果看到很多人给我发来了许多疯狂的信息。他们说看到我与"Nerds"一起的照片（我原本以为他们是指我的某个朋友，直到我意识到"Nerds"的"N"是大写的），对我表示很担心。他

们问我是否知道糖是引发癌症的凶手之一,说我需要马上停止吃糖,这样才能保有打赢这场仗的希望。不过是一张蓝发女人手捧一杯红酒和一个粉紫相间的大盒子的照片,盒子上写着"Wonka"(翁卡,巧克力品牌)和"Nerds",竟然让这些人如此认真,我真是有点难以理解,但事情就那么发生了。

我知道他们的本意是好的,但失去了双乳又经过一年多的痛苦治疗,我听从医生的每一个安排,最不需要的就是这些来自从未得过癌症的人给的意见,他们不是医生,甚至很有可能压根不知道"Nerds"含有人体需要的巴西棕榈蜡。好吧,就算"Nerds"糖只是一堆没什么营养的葡萄糖,巴西棕榈蜡也可能不是身体的必需物质,但你知道吗?我不在乎!我知道大家都只是想帮我,但我却感觉他们这也是在暗示我没办法好好照顾自己,我粗枝大叶,不顾及自己的身体。我只是那一次吃过"Nerds"糖,但没有人可以证明我是不是把一整罐都吃了。这就好像你怀孕的时候,所有人都想当然地把你当作议论的对象,你的所有决定都要被各方指指点点,而这仅仅是因为你的子宫被占满了。("你确定……你要……吃午餐肉?")

请大家明白,癌症早期患者必须接受一个可怕的现实,那就是哪怕医生告诉他们已经临床治愈,但癌症还是可能随时卷土重来,而这很可能跟他们在"被治愈"期间的生活方式没任何关系。这是一件特别可怕的事情,你会感觉到一种深深的无力感,很多人因为这种恐惧而拒绝活着的所有快乐。如果癌症真的卷土重来，那也没什么可说的，因为它就是会这样。这跟你某个星期天吃了一小勺冰淇淋或偶尔喝过几罐苏打水没什么关系，也跟我喝了很多的塑料瓶装水没任何关系（有些人真的这么说过）。再说一次，我明白大部分情况下人们的心是好的，但有时好心也可能会办坏事，尤其是对于一个正经历大部分人无法想象的痛苦的人来说。

自从我为布里安娜写卡片的故事像"病毒"一般传播开来之后，我便开始被大量的邮件狂轰滥炸，每周能接到十多封从世界各地寄来的声称有办法治好我癌症的邮件。尽管我可以轻松地辨别他们都是夸夸其谈的庸医，但可怕的是还有很多其他濒临绝望的癌症患者愿意尝试任何他们看到的疗法，而从一开始就忽视有大量事实作为依据的有效药物。这当然是病人的权利，但等到他们反应过来这些疗法不起作用的时候，再去尝试其他治疗方式很可能已经太迟了。我把收到的一些治疗建议给我的主治医生看了。他告诉我这些"治疗方式"是多么危险……依他看，比化疗甚至癌症本身都还要危险。

最近我开始饱含热情地回复那些邮件，我祝贺他们找到治疗方式，并跟他们说我迫不及待地想要告诉医院的护士，让他们拔下那些正接受癌症治疗的患者身上的设备。我询问他们的联系方式以及声称被治愈患者的病理情况，因为很显然，他们知道如果不小心这个建议很可能会要了我的命，对吧？然而令人震惊的是，尽管在邮件中大家表现得如此热心，我却没能得到他们当中任何一个人的回应。我猜往屁股上倒咖啡（没错，这正是某一个治疗的建议）大概也要等到某人能提供更多具体证据才行吧。

我一般都不太回复那些自认为比我的医生还更了解我病情的邮件。如果是某个人面对面告诉我她的萨利阿姨用"哈姆林神油"（这是19世纪一位魔术师发明的，声称可以治疗癌症。注意，是魔术师哦……）治好了癌症，我可能还会微笑着点点头，谢谢她给出的意见，因为我知道她的本意是好的。但我们这些癌细胞转移者真正需要的其实很简单：无条件的支持。这意味着不做任何过分的评判。如果你的朋友用大快朵颐吃掉一大罐糖的方式来庆祝打完最后一剂最讨厌的化疗药，你不要说"太好了！"或者"为你高兴！"或者任何类似的话，后面还跟着一个"但是"……你最好是什么都不要说。要知道我们这些癌症患者真的希望能尽可能提高生活质量，某个晚上吃一捧"Nerds"糖真的不代表我们放弃治疗。

至于想要从行动上帮助某些癌症患者——送餐、做家务、上门拜访——其实有一种很简单又很得体的方式：先询问病人的意见。就是这么简单，你只要先开口问下对方的意见就好了。然而现实中这又是个很棘手的问题，因为所有想提供帮助的人都是出于关爱，他们认为自己做的事情是在帮忙，虽然结果并不总是这样。

如果你想过来探望，不管是过来打声招呼还是想带我去吃早餐，或者帮我打扫房间，我都很感激。但请一定理解我那个时刻可能并不希望你在，因为你的到来可能会打断我与布里的亲密时光或者打断了我做其他跟布里或杰夫有关的事情,那些事情对我而言可能是全世界最重要的。所以你只需要开口询问一下,如果我婉言拒绝,也请千万不要往心里去,这并非针对你个人。请理解正因为我要死了,所以我的每一分每一秒都很宝贵,而在我心里家人是最最重要的。

如果你想帮我们修剪草坪或者做一些其他的杂活,务必还是先问一声。这听上去可能有点不可思议——有人帮忙修剪草坪还不好吗?当然,这绝非坏事,只是请从这个角度考虑一下:这很可能是杰夫为数不多的可以逃离家里这些乱七八糟的事,暂时到户外清静一个小时的机会。这是他回归自我的一个机会,一个思考的机会——或者放空大脑不去思考——不受任何打扰的机会。就跟我现在正呆呆地望着窗外是一个道理。因为我得到了太多关注,所有人都知道杰夫的妻子要死了,他马上就要成为鳏夫了。其实没有人所承受的心理痛苦比他多,甚至包括我。如果你一声不响地把草坪修剪了,这可能是一个善意的举动,但同时也夺走了杰夫期待的某样东西,而这样东西其实对他的精神健康很重要。

无条件的支持——这才是我们最需要的。我想,我可以代表绝大部分癌症晚期患者说这句话:无条件支持的最好方式就是倾听。即便是在我们敞开心扉跟你们倾诉的痛苦时刻,只要和我们待在一起就好。你不用想着要对我们说什么。我们其实并不期盼能从你那里得到答案或解决方案。陪伴本身就已经是全世界最有意义的事情了。

倾听我们的烦恼，倾听我们的兴奋，倾听我们真正的需求，倾听我们不需要什么。不随意评判，给我们你所有的爱，这就够了。

二十一岁

"这次的生日是件大事。做明智的决定能使自己免受牢狱之灾,同时我也希望你出去庆祝生日,到某个酒吧跳场舞。"

——致布里安娜的二十一岁生日

13

"扫描。治疗。重来一次。"

这是癌症晚期患者群体间流传甚广的一句话。挺有意思,对吧?身体的某一部位被扫描检查——你的大脑,你的肝脏,你的骨头——因为剧痛难忍,你得接受一些更可怕的治疗,这比癌症本身更痛苦。日复一日、周复一周地这样治疗之后,突然身体的其他部分也开始疼痛。这是一种恶性循环,令人身心疲惫。不过我对上面那句话进行了一番修饰,以此来减轻精神上的压力:

"扫描。当晚做点让自己高兴的事儿,比如在酒吧跳跳舞,好让自己暂时忘掉即将离开人世这件事。治疗。重来一次。"

我可以很自豪地说我曾在很多酒吧里跳过舞,大部分是在布里还没出生的时候,那时我还年轻,精力旺盛,身上的责任也没这

么重。我跟随各种音乐节奏摇摆，尽情表达自我。我和我朋友甚至发明了一种舞步叫"The Wall"，这舞步需要数分钟才能完美地完成，包括一个危险但是必须的在结尾甩头发的动作。对于秃顶一族，那就只能用力地甩头了——有一点儿冒险，但我非常成功地做到了。只要瓦尼拉·艾斯（Vanilla Ice）《冰冰宝贝》（Ice Ice Baby）的前奏响起，你们别说话退到一旁就是了。这首曲子让我感觉时光倒流回到1990年，我在房间里尽情舞蹈，然后写下一些美妙的节拍。也许没有瓦尼拉那么酷，但毕竟付出过努力，足够让我得到一些认可。作为额外的福利，我还唱了歌。如我所说，我不能靠音乐挽救生命，或许这大概就是我行将就死的原因吧，但这无法阻止我继续唱歌跳舞，享受最后的快乐时光。

尽管癌症让我无法跟以前那样运动自如，但只要身体允许我就会跟杰夫或我的女性朋友们一块外出跳舞，尤其是在那重大又可怕的接受扫描检查或被告知坏消息的日子里。以前收到坏结果，我通常是待在家，自哀自怜，担心第二天早上医生会给我什么样的治疗方案（方案 A= 很糟糕，方案 B= 比很糟糕更糟糕，方案 C= 我们最好现在杀了你），但随着时间的推移，我从消沉的情绪中挣脱出来，明白无论我受到坏消息的沉重打击后做什么事，也不能改变我第二天要经历的破事儿。当我醒来，现实依旧，那为什么不挤出一点庆祝生命的时间，来振作精神呢？

几年前，我和我的女朋友们大约每个月聚会会举行一次"酒会"，我之所以强调是因为这酒会是我们奇特而严肃的传统。电影《魔力麦克》上映时，我们想到一个很棒的主意，把酒和电影结合，把酒会提升到另一个层次。（没错，我们需要偷偷地把钱包大小的瓶装酒带进电影院……可见这种传统有多奇特和严肃）我们觉得电影可能会很糟糕，除了奶味糖豆或黄色爆米花，还需要一些让电影体验更棒的东西。结果证明我们是对的，多亏有了酒，看到吓人的情节我们才能不顾一切地大喊出声，每当查宁·塔图姆（Channing Tatum）开始跳舞时（很抱歉，但落选奥斯卡奖仍然让人遗憾），我们就咯咯地笑，仿佛一群 12 岁的年轻女孩。我们决定以后要是有续集还会继续去看，而且酒是必需的。

很快三年过去，《魔力麦克2》上映了，我们全都兴奋得不得了！提前就计划好了电影之夜……不过，当然前一天我还需要会见肿瘤科医生，正是那天我被告知，物理治疗对我的病已经无效了。那天下午，医生要讨论下一步治疗方案并在第二天早上做出决定，这对我的打击如此之大，我又暂时回到了自我怜悯的状态中。

"你今晚要去，"在我暗示我可能不去看电影后杰夫说，"你知道的，你对此无能为力，甚至连医生都不知道下一步该怎么做。去吧，找点欢乐！"

我知道他是对的，他有充分的理由这么说。有时我就是需要有人踢我一脚，提醒我我需要活着，尤其是当癌症试图剥夺我活着的权利时。

等朋友们和我带着酒到了电影院，我们都不禁感叹两部电影之间的这三年，各自"沧桑"了多少。看《魔力麦克》时，我们满脑子想的都只是如何骗过检票员把酒带进影厅。但这一次，我们心里都很忐忑，生怕被人抓住。一个朋友把一小瓶酒塞到双乳中间，用上衣盖住，因为她担心有人搜她的包。另一个带了两小瓶酒，小心翼翼地分开藏匿，以免两瓶酒相撞发出叮叮当当的声音。还有一个朋友则提前写好了理由，以防被抓住的时候派上用场。是的，她真的这么做了。当然还有两个朋友不曾改变往日作风，仍是大胆地偷带进去——考虑到电影的恐怖程度，这不仅是巨大的胜利，还是很聪明的做法。观影过程中，滑稽可笑的电影情节让我们不时捧腹大

笑,那绝对是我们最美妙的时光。周围有美酒和闺蜜陪伴,我感到心满意足。

电影散场之后,我们再一块去吃东西,跳舞,谈天说地。其中一个朋友知道医生给我的最新诊断,便问我想不想谈谈。我故作轻松,没有渲染悲伤的情绪或表现出心情低落,只是把自己的沮丧心情一带而过地说了说，不过这样之后我却感觉心里舒畅了很多。正是在那次谈话中，朋友们再次建议轮流给我们送东西吃。于是杰夫、布里和我每天晚上都能吃到各式各样的美味食物……这样的日子整整持续了六个月！那个夜晚感觉特别好，它让我知道无论癌症如何憎恨我，我还是被很多人爱着。第二天早上，我重新回到现实世界，但由于前一天晚上与好朋友们，还有查宁·塔图姆的美妙回忆，我的心态积极了许多。

我想"事情就是这样"这句话被大家用滥了，但这却是形容我晚期癌症的最准确表达。我身体里的癌症就是这样横冲直撞，为所欲为。我无法阻止它。无法改变它。也无法控制它。但有一点，它同样无法阻止我开怀大笑，阻止我爱和被爱，阻止我庆祝生命。当然，它也无法阻止我跳舞。我可能无法像以前那样轻松地跳上舞台，但只要《冰冰宝贝》的音乐响起，这一切都不是问题。

· 告别单身派对 ·

"今天这个日子属于你。在所有人爱的眼神中沉醉吧。"

——致布里安娜的告别单身派对

14

头发掉光。这是作为癌症患者逃不掉的宿命。你可以试着欺骗自己:"或许我会是化疗史上不掉头发的幸运儿",但这仍然无法阻止你锃亮的头出现在镜子中、车窗玻璃中、清澈的湖水表面、晚餐勺或其他任何地方,让你猝不及防地看到自己的倒影,从而将你猛地拉回现实。

我一直都留着一头闪亮润泽的棕色长发,这可以说是我的个人标志之一。所以我很难接受这样一头秀发最终一把一把地脱落。除了把这些头发收集起来再用胶水粘到头皮上(只能保持很短很短的时间),我无能为力。

关于失去头发,唯一让我有点欣慰的是我还有准备时间——从确诊之后到掉光至少还维持了三个月。这给了我充足的时间来为它哀悼。我很少再洗头发，每次梳头发也都会额外地摩挲几下，我尽量避免头发被雨淋，我同头发说话。嘿，我失去的是一个陪伴我一生的朋友，这可不是件小事。每天我都要爱抚头发很多次，直到有天早上醒来，我突然决定伤心时间到此结束。那一刻我才像一个控制欲极强的强迫症那样尽己所能地去掌控这一切：我借着失去头发的契机办了一个只邀请亲友的剃头派对。

我成功找到了一个同意主办此项活动的沙龙。派对时间按照医生预测的我开始掉头发的时间来定。我邀请了十五个我认识的爱笑爱闹的朋友，把这变成了一个尽情享受美酒的午餐派对。

去沙龙的路上，我从一家小商店买了个蛋糕。我希望布里也可以亲自见证这件事，但我不想因此给她留下伤害。心理医生建议我让她也参与进来，因为年幼的布里很可能没办法一下子接受妈妈变成光头在屋子里走来走去……所以最好让她在有很多关爱陪伴的情况下目睹这个过程。医生说得很有道理，但我还是需要一个蛋糕才行。布里喜欢蛋糕。她爱死了蛋糕。不仅是因为蛋糕甜——糖果、冰淇淋、饼干——那些都还好，但蛋糕是她的最爱。我想如果布里不得不在跟杰夫生活与同蛋糕生活之间二选其一的话，她肯定会先问是哪一种蛋糕才能决定。最后她会选择蛋糕。

当我走到商场，所有面包店都只有那种用黑色线条画出笑脸的黄色蛋糕。尽管不是我想找的那种彩色蛋糕，但聊胜于无。我走过去买单时，收银的小伙子问我是不是要开派对。

"是的。"我说。

"庆祝什么呢?"他问。可能你也发现了,对于所有真诚的问题,我都会选择诚实地回答。

"这个……因为我患了癌症,马上要接受化疗,所以我即将失去我的头发。于是我决定开一个剃头派对。"

他望着我,消化了一下我说的话。我屏住呼吸,暗自祷告他不要跟以前那些初次知道我身患绝症的人一样表现得那么无知。

"哇哦,太酷了!"少年笑容的弧度跟蛋糕上的笑脸弧度一模一样,"太棒了。为你高兴。"

哇哦!完美的答案!那是一个美妙的时刻。绝大部分成年人都没办法得体地应对我告诉他们的疯狂事实。然而这个小伙子却表现得那么自然。不过这时他注意到了我身体上注射化疗药物的小孔。

"所以……癌症就是从这里赶出去的?"

哇哈……哇……哇哈哈。

他真应该"领了第一个奖"就赶紧回家。不过我也没再计较。我礼貌地问他为什么这么说,称赞了他前面的回应。我真的很感激。

考虑到那是一个剃头派对,我得说它绝对妙趣横生。首先,发型师把我的头发绑成马尾,然后咔嚓剪断。哎哟!第一刀总是最难接受的。接着她又剪了一些……又剪了一些……又剪了一些。没看到头发毫无生气地掉到地板上之前,你永远不会知道自己究竟有多少头发。我留了一辈子长发,没想到被剪头发的时候我竟然还能那

么坦然。把头发剪短之后,发型师拿出大剪刀继续修剪。"廉价剧场"的观众中各种各样的评论让派对增加了趣味,而最好笑的还是我的朋友摩根脸上的表情——剪头发的过程中她一直坐在我后面。似乎掉下的头发越多,她脸上的笑容也越大。

"我都要嫉妒了。"她说,"真不敢相信你剃头之后竟然这么好看。"

癌症教会了我许多事情,剃头派对就是一个显然的例子:有时候我需要让某些时刻成为"我的时刻"。我不是指那些把自己锁在房间里的孤单日子,而是我要成为人群的焦点,接受来自四面八方的爱意。尽管我在舞池跳舞或外出找乐子的时候也很高兴,但说实话，我并不喜欢成为人们目光的焦点（还记得我曾经有公开演讲恐惧症吗？）。但有时候，我需要释放，需要沉浸在别人给我的爱意中，这样能帮助我抵抗这疾病。

　　因为有了爱，我可以很坦诚地讲，卸下我一生"枷锁"的时候我没有掉一滴泪。所以说，留足时间让自己做好心理准备是很重要的。而有爱自己的人在身边陪伴更加重要。当然，我们还有酒。布里也没有落泪。事实上，对于我的新造型她眼睛都没眨一下。"头发会长回来的，妈咪。"说完，她拿起了一块蛋糕。

· 第一次喝酒 ·

"你爸爸和我总是谈起,等你大了便带你一块出去喝酒,想想那场景应该会既尴尬又好玩吧。对不起,到时我没办法陪在你身边。记得帮我点一杯伏特加兑红牛。"

——致布里安娜与爸爸喝第一杯酒

15

一个夏日，我来到墓地，为自己买一个灵魂安息的地方。跟现在的家不一样，这个永恒的家，无需我做任何清理或打扫。我只需要住进去即可。

我去拜访了属于我的那个"地方"——我喜欢这样称呼它——前前后后拜访了几次。这可能会让你觉得难过或古怪，没事，可以理解。但我自己倒无所谓。面对越来越艰难的现状，去看看自己的这具躯壳将永远停留的地方，是我对现实的一种回顾，也是对我的一种提醒。它提醒我，至少现在我还没有被掩埋，我还没有进入坟墓，所以我需要继续攫取生命中的每一盎司幸福和快乐。

我的身体会和衣服一起被火葬。给你们讲一件有意思的事：当时火葬场的工作人员问我，想穿什么衣服进行火葬，这个问题让我惊住了。我是说，我们本是赤条条地来到这个世界，为什么不能赤条条地离开呢？把那么好的衣服一把火烧掉也很可惜。但工作人员却比我更震惊，他没想到我竟然不知道绝大部分的人火葬的时候都会穿着衣服。

"你的躯体首先得运到火葬容器才行。"他一脸不可置信地说，"你肯定也不想大庭广众之下赤裸身子吧？"

我先前肯定没想到这一层。不过，考虑到火葬本身没有太多规则，纠结穿不穿衣服的问题还是有点奇怪。比如，相爱的人可以把各种与彼此有关的东西一块烧掉，比如照片或毛绒玩具。看来，我可以有一种简单的办法处理那些特别难回收的旧电子产品了……

给所有打算火葬但从未认真想过这件事的人一个建议：裸体火葬确实不是一个好主意，还是要穿上衣服。我跟杰夫唯一交代的是，万一我还没机会穿上那件崭新的暖和冬大衣就死了，那火葬的时候就让我穿一下吧。而自从经过那一季的第一场暴风雪，我就一直想带上某种游戏装备或克鲁小丑相关的东西出去。

我最终歇息的地方有点跟传统不一样。那是一个嵌在陵墓墙上的透明玻璃盒。那种玻璃盒有点像放奖杯（trophy）的盒子 [我得赶在杰夫动手之前，先弄一个"纪念妻子"的双关笑话（"trophy wife"意指花瓶老婆]）。我的骨灰到时会装入骨灰瓮中，再装入这个玻璃盒。所以如果有人走进陵墓，他们就会看到我的骨灰瓮。墙上大部分的盒子都是传统的抽拉式，但我的骨灰盒则要固定在墙面较低的地方。我要确保以布里现在的身高,也能看到我的骨灰盒。这样她和杰夫就还能再放一些东西到盒子中,比如画、信笺或照片之类的。盒子还有一部分空间,如果哪天谁愿意跟我在一起安息,或许也能把骨灰盒放进来,尽管我并不期盼那一天。我想布里以后肯定会跟她生命的另一半埋在一起,而杰夫,我也不想他进来——

我希望等我死后，他将来能找到新的伴侣。所以，就放一个闪亮的芝加哥熊队头盔跟我一起作伴也挺好的。

我大部分的邻居都已经搬进来了，从他们的亲人放进骨灰盒的东西来看，他们大部分都是绿湾包装工队的粉丝。生活在威斯康星州的中心地带，这倒不足为奇，只是以后恐怕他们就必须得忍受跟一个熊队粉丝做邻居了。我知道，一个地地道道的威斯康星州人怎么可以迷"别的队"呢？但我就是喜欢熊队，一直都喜欢。而杰夫，则跟我相反，他从骨子里支持包装工队，而布里也跟他一样。等我离开之后，我真希望他们可以成为一个队。

我知道，骨灰入殓的那天是个严肃的日子，仪式也该是庄重肃穆的，但如果让我来决定——因为我确实想这样做。大家知道，我特别喜欢气氛热烈的派对。如果把我身体里足智多谋、做事情井井有条的一面与垂死时仍喜欢派对的年轻姑娘那一面结合起来，会是什么结果呢？我会把自己葬礼的所有细节安排妥当，不让杰夫操心，而且确保让所有的人都玩得开心！

殡仪馆会负责火葬，但不负责仪式的主持。我觉得殡仪馆的氛围太过严肃正式，我不喜欢。所以我去奥布里希植物园（Olbrich Botanical Gardens）看了看。奥布里希植物园占地十六英亩，位于麦迪逊的中心位置，坐收湖光美景。杰夫和我的结婚照就是在那拍的，对布里和我而言这也是一个有着特殊意义的地方。我第一次带布里去，她就喜欢上了那里。要知道那并不是游乐场，或者专门用来给

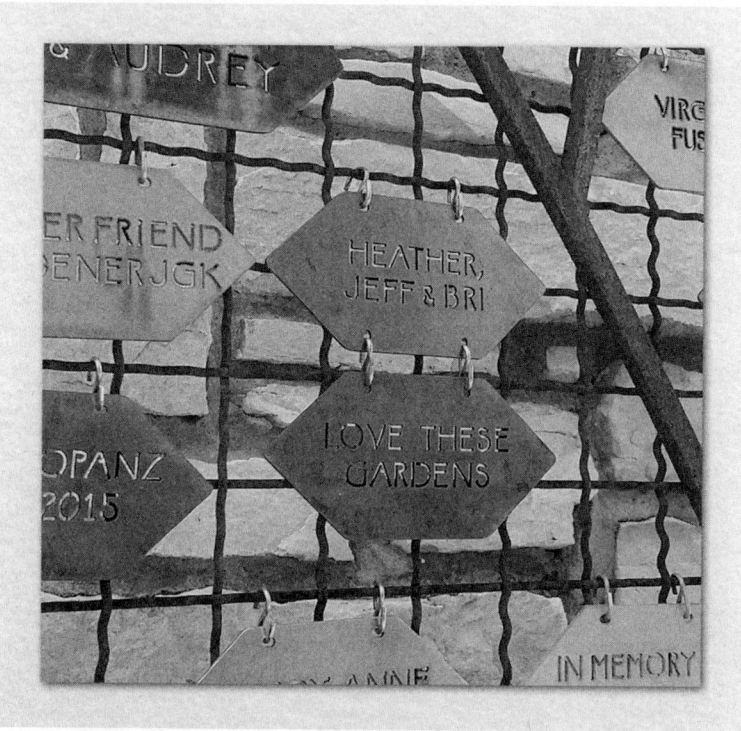

小孩玩乐的。在那里，你可以充分感受大自然的美好与宁静。我不知道布里那么小的年纪怎么会认识到这种乐趣，按道理她那种小孩应该更喜欢五颜六色的东西或者最新的高科技，但布里确实一去就爱上了奥布里希植物园。我们在植物园中立了一块木匾，上面写着"我爱这园子"，这对我们意义深重。每次布里让我带她去植物园，我都会马上停下手上的事情带她过去。

我选择奥布里希植物园作为葬礼仪式的举行地有两个原因。最主要是因为布里。因为我们俩在那里有许多共同的美妙回忆，这可能会让她心里好受一些。另外这个地方够大，仪式期间她可以跟自己的朋友跑到某个地方暂时逃避一下。第二则是因为我看过植物园举办私人活动的场所，这一定程度上刺激到了我。那个女工作人员带我逛了一圈，然后凑过来用浓重的英国口音轻声跟我说："你还可以弄个酒会。"好，派对开始了！

策划葬礼和策划婚礼是一样的，如果你想在欢乐的气氛中跟这个世界最后告别。你甚至可以把你的婚礼策划案交给葬礼组织者。你需要一个房间，需要鲜花、食物、酒水，还有音乐。奥布里希植物园会提供一个投影屏幕，不间断循环播放照片。他们甚至还会询问总人数。没开玩笑？他们甚至问一个行将就木的女人，她希望多少人前来参加自己的葬礼？我还真的想过为此创建一个 Facebook 主页，看看哪些人计划来参加我的葬礼。

按照我的策划，这个派对会露天举行几个小时，所有人来去自由。唯一固定的小节目就是一段简短的回顾，包括一段朗读和几首歌。其中一首是我一直以来的最爱，克里斯·特雷普（Cris Trappe）的《我棺木上的小桶》（Keg on my coffin）。如果你还没听过这首歌，建议你一定要去听……

把小桶放到我的棺材上

从此以后不时想起我

为我的朋友们

来一场失败者大游行

像一条河流吞掉生命

直到比萨送过来

面带微笑

你知道我会爱你到永远

当我寿终正寝

查理让我从他的角度

回想我这一生

不要浪费时间祈祷

因为我将永远不再回来

以我的名义开场派对吧

把小桶放到我的棺材上

从此以后不时想起我

为我的朋友们

来一场失败者大游行

像河流一样带走生命

直到比萨送过来

面带微笑

你知道我会爱你到永远

这便是

我要写的墓志铭

说真的，如果到时候气氛真的太过肃穆，这首歌也无法让气氛缓和一点的话，那我的朋友们恐怕需要多喝几杯酒了。我只希望所有人都能度过一段愉快的时光，彼此谈论跟我有关的事情，一个个笑到肚子痛。除了笑到流泪，我不希望我的葬礼上有泪水。我常听人说葬礼是"对生命的庆祝"，尽管这个想法似乎更多停留在理论层面。因为是葬礼，所以整体气氛多少都会有点低沉。但我希望我的葬礼能真的成为对生命的庆祝。不仅仅是庆祝我的生命，也是对所有参加葬礼的人的祝愿。在我短暂的生命中我拥有许多美好时光，尤其是生命的最后几年里，这得多谢我的那些朋友。但愿朋友们能借我的葬礼这个机会聚在一起，继续彼此共享美好与精彩。

还有一首歌也是必不可少，那就是共和时代乐队（One Repubic）的《我活过》（*I Lived*）。我早就宣布过，这首歌就是我的正式"丧歌"。无论何时听到，我都会把声音开到最大，直到自己全身心沉浸在音乐中。每当有人问起我希望以什么样的形象留在人们心中，我就会让他们去听这首歌，然后他们就会明白了。

跟前面的《我棺木上的小桶》（*Keg on my coffin*）一样，我也想把《我活过》（*I Lived*）歌词抄在这里，但考虑到书还没有完成，我不能这么做（这是少数我写不出的卡片）。但也没关系，因为我有一个更好的主意：等你看完这一章，花五分钟四十秒的时间上网看看这首歌的演出视频。我敢保证，这绝对会是你看过的最让人惊叹的视频之一，它也将激励你勇敢面对生命中所有的考验，活到极致。

等到布里长大，大到足以理解这样一首歌，我希望她每次听到这歌都能想起我，甚至能向她的妈妈祝酒。我是这样做的，但愿有一天当她回顾自己的一生，也能说她也是一样的。

（现在开始听歌吧，不过听完之后马上回来。你还有三章文字和后记没读完呢。）

· 婚 礼 ·

"你总把爸爸叫作'妈妈的真爱'。能遇到你爸爸,确实是我无比的幸运。自从遇到他,我的生活顿时变得不一样了,我有了一个可以一起开怀大笑、分享一切的好朋友。一生中,能找到自己的真爱是很难得又很特别的一件事情。现在看到你找到自己生命的另一半,我高兴得无以言表。"

——致布里安娜的婚礼

16

每一对相爱的人都有属于自己的故事。其中很多故事都让人心驰神往，因为仔细想想，真的需要太多完美的巧合才能让两个人得以在这偌大的世间相遇。我跟杰夫的故事开始于我还在威斯康星州大学上大四的某天。当时他在麦迪逊生活和工作，参加了獾队比赛前夕的一个派对。我则窝在沙发上，忙着看关于说唱歌手图派克·夏库尔 (Tupac Shakur) 和"声名狼藉先生"(Notorious B.I.G) 的"热门录像一台"(VH1) 纪录片。工作了一天，我已筋疲力尽。那天晚上原本打算早点休息的——结果一个朋友打电话来，坚持让我跟她一起去参加一个派对。

"我太累了。"我说，"今晚不行。我明天还有事呢。"

"不行，你得跟我一起去。"她请求道，"我不想一个人去。

相信我,你一定会玩得开心的。"

其实我对此一点都不感兴趣,但最后还是同意陪她去。幸亏我那天同意去了,不然我也不会成为麦克马拉米家的人。

杰夫和我在派对上相遇。你可能觉得不可思议,但我们确实是一见钟情。在目光相接的一刹那,我与那个穿着獾队T恤和戴着得克萨斯长角牛队(杰夫第二喜欢的大学球队)棒球帽的英俊小伙之间火花乍现。后来派对结束,我们与一大群人一起走,整晚都在外面游荡。大概快到凌晨的时候,我跟杰夫说我得回家了,因为第二天早上十点我还有工作。

"再待一会吧。"他礼貌地挽留,"反正现在这么晚了,你睡也睡不着。要是睡一下又醒来,你会感觉更累。我答应你,十点之前一定让你去工作。"

尽管我们仅仅相识几个小时,但我竟然破天荒地相信了他的话——而他也确实如约让我提前赶到。嗯,我在心里想。看来这是一个说到做到的绅士?不过分开之后,才意识到一个问题:他没有问我的电话号码。这让我很郁闷:一方面我气他怎么不主动要我的电话,另一方面我更为自己的这种恼怒而烦心。

当时我是单身,因为我不想谈男朋友。毕竟是关键的大四,我只想好好玩,然后顺利毕业。没有男朋友。没有婚约。也没有情感羁绊。另外,我也不希望因为一个男人而失去毕业之后一生只有一次的工作或旅行机会。前面三年我也跟别的一些男生在一起过,但是每次在一起两三个月后,我就有一种想要"掐死"他们的冲动。当然主要原因在我,不怪他们。我只是为他们做的那些蠢事而恼怒。那时如果你是那个在吃晚餐时候把黄油涂在面包上的男生,我也会烦你。如果你在准备离开餐厅的时候要上厕所,我也会不高兴。当时的我就是现实中的"宋飞"形象。还记得《宋飞正传》中有一集,杰瑞跟一个女人分手,就因为那个女的一次只吃一颗花生吗?我就是杰瑞那样的。在大学的最后一年里,我想断掉所有的感情——然而杰夫却打破了我的这个目标。他善良。有魅力。英俊潇洒。我想跟他在一起。是的,仅仅经过那一晚,我就确信这一点。但是让我心动的这个男人,竟然没问我的电话号码。

大概一周之后,我刚好在城中心邂逅他,完全的偶遇。我知道两颗星星相交的概率很小,所以我把自己的想法如实说了。

"上周你怎么不约我出去?"我说。

"那个,我当时有点犹豫,因为我觉得自己配不上你。"他有点害羞地回答。

哦,拜托。"周六晚上窝在沙发上看说唱歌手纪录片的宅女之王"竟然让他高攀不上?

"第二天,我其实鼓起勇气跟你的朋友要你的号码了,"他又说,"但她没给,因为她说你暂时不想恋爱。"

感动。

"那个,我们应该在一起。"我漫不经心地说。也没有对朋友说的话做过多地解释。我拿过他的手机，输入我自己的号码，储存的名字是"辣妹"。然后我把手机递还给他，同他告别。之后我一直等他的电话……等啊等……等啊等。（要知道，那时候还没有社交媒体，我也没办法通过网络来追踪他……我没有办法，只能抱着希望等待。）后来我知道了，他确实打了那个电话，然而我自己却把号码输错了。做得好，希瑟！真是太聪明了！我输的那个号码打过去是一个男人接的，杰夫一开始猜测我是否跟别的人住在一块或者我是不是故意输了一个错的号码给他。但事实显然不是这样，幸好他也没这么想。最后杰夫再次给我那个朋友打了电话，跟她说我自己给了他电话号码，只是我给的号码错了。从我朋友那里拿到我的正确号码之后，他给我打了电话，我们一起出去了几次。六个月后，我突然意识到自己的感情史有了新的突破：

"天哪，我竟然还没有想掐死你的冲动！"我说，"我一点都不讨厌你耶。"

是的，我当时原话就是这么说的。不是刻意的恭维，不过他在此之前就知道我有过其他的感情经历。杰夫和我之间的爱在那里，而我们俩选择拥抱这份爱。大四那一年，我们的感情突飞猛进，此后又约会了几年，然后我们在 2006 年结婚。

如果你现在去翻杰夫的通讯录，会看到他存的我的名字仍是"辣妹"。

到 2016 年 5 月，将是我们结婚十周年的纪念日，而 4 月则是布里的五岁生日,这是我最想到达的生命里程碑。然而杰夫和我都知道,我很可能等不到这一天。我们无能为力,这种无奈让我心碎。这对我们两个人都不公平,尤其是对杰夫而言。因为他是"被剩下"的那一个。

我的主治医师多次跟我说过,得癌症不是我的过错。我知道不是。这是我逃不掉的宿命,无法改变。我已经记不清自己接受了多少次治疗,所有能做的都已经做了。可我仍觉得这一切是我自己造成的,是我给杰夫造成伤害,而这一点更加让我伤心。在这段感情中,我只希望他开心幸福,可现在我却害得他伤心难过。我知道现实中没有人能拥有童话般的结局。其实陪布里看迪士尼经典电影的时候我就发现,电影主角的妈妈通常都不在人世:《小鹿斑比》《狐狸与猎狗》《小美人鱼》《海底总动员》,以及布里最爱的《冰雪奇缘》都是这样。电影中,妈妈抛下孩子和孩子的爸爸离开人世,留给他们深深的伤痛。这些电影,从某种意义上来说,是真实生活的写照。但为什么有人能长命百岁,有的人却生命短暂呢?为什么有的人能大病痊愈,有的人患了相同的病却含恨离世呢?为什么电影中好人总死在坏人前面?

关于死亡,我们都有自己的信念。我也已经接受世事的无常。你说,如果那个人站的位置能偏右一点点,说不定就不会被车撞死;如果那个人能早十秒钟离开家,说不定就不会赶上那场意外;如果那个人的病理稍有不同……

不过，有时候也是由于这种无常，生活变得更加丰富和精彩。你说，要是我十几岁的时候就患上癌症，在遇到杰夫之前就死了呢？如果我没遇到杰夫，那也不会有今天的布里。尽管我一直抨击命运的不公，但我知道能拥有过去这三十六年多的生命精彩，我已是十分幸运。很多人没能活到这个年纪，没有经历过我所经历的这些美好。

只是一想到我离开之后，杰夫将遭受的痛苦，而这一切都是由该死的癌症而起，我的心里就刀割一般疼。

大家知道我时日无多之后，自然都同情我的遭遇。对此我真的很感激。但事实上我其实是轻松的那一个。反正人死了，就什么感觉都没有了。可杰夫却得想办法承受这巨大的痛苦，还要把布里抚养成人，得在失去自己灵魂伴侣的情况下继续面对生活。最近，我想了很多葬礼之后，寡妇或鳏夫的生活会有多么艰难。丧葬仪式之后所有人都各回各家，回到自己正常的生活中，只剩下悲痛的逝者伴侣独自面对孤单。他们失去了自己相伴数载甚至数十载的伴侣，通常，对方也是他们最好的朋友。

当有人过世，一些人喜欢送花或者给当事人的家庭送钱聊表心意。对此人们总会表示感谢，我也绝不会阻止任何想要这么做的人。但如果你想特别一点，可以想想那个被留下来的人——他或她仍然承担着父母、祖父母、姐妹、邻居、同事的身份。替这些丧偶的人做点事情，让他们知道还有人想着他们。他们孤单多久并不重要，

因为我怀疑失去伴侣的痛苦永远不可能烟消云散。你的小小表示可能只是杯水车薪，但如果多表示几次或者多一些人这么做，就有了汇聚的力量。邀请他们出来吃顿饭，给他们打电话聊上几分钟，没事去看看他们，主动提出做一些杂务，或者像我这样，给他们寄一张温暖的手写卡片。

是的，送卡片总不会错。

· 十八岁 ·

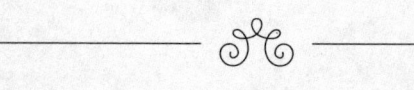

"是的,现在你是个成年人了,但这并不意味着你的人生都要按部就班。"

——致布里安娜的十八岁生日

17

大概在发现癌细胞转移到肝脏的时候，我们的金毛猎犬密特兹也死于癌症。她是我们最好的朋友，对我们充满无条件的爱。要把密特兹去世的消息告诉当时年仅三岁的布里，真的是一件很痛苦的事情。我做了很多调查，还到处咨询朋友，想知道到底要如何跟小朋友分享如此让人难过的消息，最后我们决定最好的办法就是据实以告：把事情的前因后果坦诚地告诉布里，让她自己来消化，看她如何反应。我们这么做了。我们先让布里在草地上坐下，然后告诉她密特兹生病死了，我们把她安葬入土，以后她不会再回来了，但即便密特兹走了我们仍然爱她。布里望着我们，下嘴唇微微颤动，然后问我们她可不可以玩荡秋千，见我们应许，她笑了笑，然后就跑开了。

几周以后，我带布里去剪头发。理发师跟布里聊天，问起她是否养过宠物。

哦嚯。

我紧张地等待布里的回应，心脏扑通扑通直跳。毕竟我没想到理发师会随口问出这样的问题。这将是一个大考验。

"我曾有过一条小狗，叫密特兹。"布里说，"不过她死了。"

"哦，很抱歉听到这样的消息。"女理发师回道。

"她的身体不再活动，永远不会再回来了。"布里继续严肃地回道。

那理发师一脸震惊地望着我。

"所以密特兹是去天堂了吧？"她问。

"不是。"布里说，"她的身体变成了尘土，她死了，再也不会回来了。"

我想这应该可以证明布里已经接受了密特兹的死，而且完全明白情况。

尽管我们跟布里坦白了密特兹因病去世这件事，但我想关于如何处理这种事情仍然存在很多灰色地带。谁也无法说出什么方式一定对或者一定错。适合我的小孩的方式可能未必适合你的小孩。孩子的年龄大小也是一个重要因素。你的文化背景也很重要。我也希望找到一个既定的原则，能够通用于任何年纪或者任何背景的小孩，只可惜并不存在这样的办法。

所以，该如何告诉一个四岁的小孩，她妈妈要死了呢？其实，我们还没正式跟布里说这件事，但也拖不了多久了。作为妈妈我的首要任务是：不能在孩子长大之前死去。无法做到这一点真的是全世界最可怕、最痛苦的事情，而我们还得把这个血淋淋的事实告诉布里。不过作为一个凡事都有计划的人，我们提前制订好计划来处理这棘手的情况自然也不奇怪。我看了很多相关的书，跟一些因癌症而丧偶的朋友倾心长谈，还坚持咨询儿童心理学家（有时也会带着布里一起去），一切都在按部就班地进行。我们的目的是要让布里尽可能平静地接受我的离去。我们知道她不可能完全平静，但我们想要让她"尽可能平静"。

由于布里实在太小，所以我们无法直截了当地去谈这件事，不然她每天醒来都会想今天或许就是我在人世的最后一天，作为父母我们不想给她的心灵造成创伤。即便跟她说，这件事可能过一周或一个月或几个月发生，这对她意义也不大，因为孩子是活在当下的，他们没有成年人的那种时间观念。这种情况下，直截了当地告诉她未必是一个好办法。我们只能尽量跟布里多聊天，回答她的各种问题，并且不对她隐瞒太多。有时候某些事会推迟一些，但到目前为止一切都还是按照计划进行。

布里知道我生病了——这是无法隐藏的事实，我们也不想对此隐瞒。她可以看到我吃药，知道我要看医生治疗，也知道癌症让我疲惫不堪，所以我无法跟过去那样带她参加跳舞派对或者带她去商

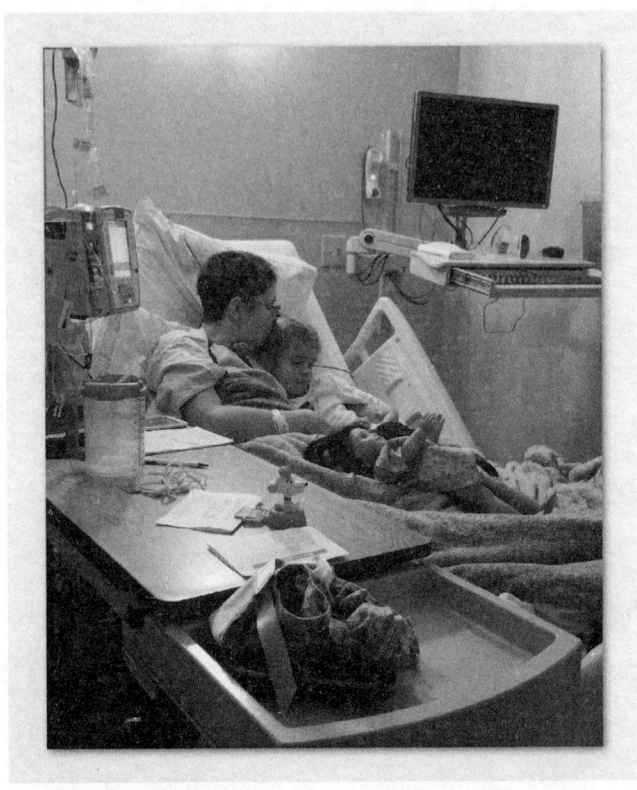

场。让她慢慢看到我的身体变差会比完全隐瞒然后某天突然告诉她我死了要好一些。

随着布里越来越大,她关于癌症的疑问也越来越多,而我们全都诚实地回答。她会问:"要是医生治不好这癌症会怎么样呢?"四岁小孩问问题通常都是脱口而出,而且是一连串问题丢过来:"妈咪,天空为什么是蓝色的?车子为什么叫车子?我们有饼干吗?你快死了吗?为什么狗要那样叫?"这时候,我们一般都会尽量准确而坦诚地回答她的问题,从不让她有不好的感觉,过去这几年我们一直都是这么做的。

去年秋天,有几天我必须到医院完成一个项目的检查,为此我必须住几天院,我们第一次决定把布里带到医院。此前我们从未让她在那种环境中待过,因为医院对一个小孩而言可能是个很可怕、很让人畏惧的地方。不过幸好之前做了很多准备,医院的医生护士也都特别友好,那段经历对布里而言倒是挺愉快的。护士对布里各种夸赞。我们还举行舞会派对,一起唱歌,看《米老鼠俱乐部》。我们还在床上看书。每晚布里回家之前,她都会留一个洋娃娃给我,以免我感觉孤单。一开始知道罹患癌症的消息,我们所有人都感觉震惊不已,不过到最后这终究成了新的常态。某种程度上来说,从那年十一月开始,布里去医院也开始成为一种常态。

大约一个月之后,我坐上了轮椅,而布里对此兴奋不已。在我坐上轮椅的一周之前,我们原本是要到商场看圣诞老人然后购物的,但我的身体不配合。因为我不能去,杰夫和布里他们自己去的,这让我情绪特别崩溃。所以当布里看到我有了轮椅,她并不觉得这是件坏事。相反,她认为"这下妈妈终于可以跟我们一起出去了!"之前某个周末,受"杰克&吉尔晚期癌症基金会"的热情邀请,我们前往迈阿密,当时我坐着轮椅穿过机场,所以布里知道如果我在家也能坐轮椅会方便很多。我想轮椅的事情也教会了她一件事:需要帮助的时候,要勇敢地说出来。当你接受帮助,有时候对自己和

对身边的人都是一件好事。

但我们不会告诉布里,说我会上天堂,即便是金毛犬密特兹死的时候也没这么跟她说。有些人可能对此不认同,我也理解,毕竟这不是一个容易触及的话题。针对这件事情,我们感觉最需要考虑的是,孩子的思维跟我们大人不一样,这也是心理学家以及那些丧偶带着孩子的朋友给我们的建议。这么小的孩子,如果有人告诉她妈妈去了别的地方,即便是去了天堂,那孩子的自然反应就是妈妈宁愿待在那个地方也不愿陪着她,她会觉得妈妈是自愿选择留在别的地方,而不愿跟自己在一起。像布里这么小的孩子,他们概念中的天堂跟大人说的天堂可能完全不是一个概念,因为他们还太小,无法理解这些。小孩子的世界是非黑即白的:"妈妈不在这里,妈妈去了别的地方,所以妈妈宁愿待在别的地方,也不要我。"她甚至会有一种错误的想法,既然妈妈现在选择了天堂,那说不定哪天她也会改变主意再回来。如果布里更大一点,我们可能会有不同的说辞。等到她长大了,有了自己的想法和判断,杰夫自然而然会支持她。

  我们希望布里现在明确理解的是,我的身体如果停止工作,那也意味着我将不会再承受痛苦。我们希望她明白,我可能无法再陪在她身边,但我的心却永远跟她在一起。往更深一层说,我们希望通过结合解释以及之前跟她袒露的我的病情,加上周围人的支持和鼓励,布里不仅能在心理上"熬过"这一关,而且能在未来的日子里创造自己的精彩人生。我不希望她纠结我过世的"前因后果"。生死的问题,没有人说得清。我只希望在她成长的过程中,能始终明白我爱她爱到骨子里,而且我会一直这么爱她,无论我身在何处。

·高　中·

"别害怕尝试新事物。即便看上去有点疯狂,也要勇敢尝试。只要确保自身安全,跟随自己的心,做一个好人,这就够了。"

——当布里安娜开始上高中

18

　　对于新事物,我的心里也总有点忐忑,但我从不让这种恐惧阻挠我的行动。即便是患病之前,我也属于冒险派。也许没有最终确诊之后的无所顾忌,但我一直以来都相信活着就得去经历。就拿这本书来说。面临我这种处境,很多人可能会说:"我要死了……怎么还可能写一本书出来?"但我的想法是:"我要死了……为什么不试着写本书呢?"尽管我的身体里住进了红色恶魔,但我从不自哀自怜,有这个工夫为何不把自己的感受记录下来呢?而且,一想到能在讣告那一栏加上个"作家"的名头,我就觉得很棒,更何况这还能让我在校友杂志上"出出风头"。

　　生病以来我经历了许多故事,算起来写四五本书都绰绰有余。每一天都有新的变化,有时甚至变化是以小时来计算的。鉴于我的时间有限，所以就写一本书吧，不过我想在这最后一章跟大家分享一些自认为特别美好或者特别有趣抑或是特别滑稽的小插曲……

巴基獾

我们的一个朋友，泰勒·迈赫尔哈弗（Taylor Mehlhaff），他曾是威斯康星獾队的球员，有一次他安排我们到坎普兰德尔体育馆，跟一些足球运动员见面。布里迫不及待想要见到獾队吉祥物巴基，此前她已在电视上见过很多次。而即将到来的见面让她无比兴奋。布里以前看到巴基有点怕怕的，可她说现在不怕了。她还说要跟巴基一块跳舞，跟他"满场跳"，这是因为每次主场比赛的第四节都会放《满场跳》这首歌。布里整个人开心极了！这一天，她将要和巴基成为最好的朋友。

可等我们到了体育馆，站在队员办公室的外面，巴基突然从一面墙后面一跃而出……

哦……天哪……

真是吓人一跳，布里也被吓到了。布里紧张的时候，不会尖叫也不会哭，她只是身体不受控制地颤抖。双膝紧紧靠在一起。手指伸进嘴巴。说话语无伦次：

"你好巴基你好巴基我要我要我要你好巴基再见巴基我要……"最后，布里冲进旁边放奖杯的房间，然后关上门——就在前几分钟，她还对运动员们说"你们还需要更多奖杯来把这房间放

满"。为了让她从房间里出来,我只好让她确信保安人员已经把巴基带走,而且这一天都不会再回来。

幸好后面事情好了许多。我们去了球场,进到球员的更衣室和休息室,还跟球队教练和球员见了面。所有人都很热情,跟我们在一起待了许久。球员们主动去抱布里,很快就打成一片。布里给了每人一个拥抱,还跟他们说她每天都坚持吃 Flintstones 维他命,这样长大之后就能跟他们一样强壮健康了。让我意外的是，大约一周之后，布里竟然收到球员们寄来的卡片，上面写着他们一定会赢得更多奖杯，让其他队的吉祥物伤心去吧。球员们还给我写了一封信，说我的处境和积极的人生态度教会他们一定要专心踢好每一场球，同时也让他们更加珍惜自己拥有的机会。我知道这是因为那天，杰夫和我在更衣室看到一块牌子，上面写着"珍惜每一天"，我们俩都深有感触。而他们自然也知道这句话对于我这个垂死之人的意义，这也让他们联想到自己，这句简单的标语从而有了新的意义。对许多人来说，那都是不可思议的一天。我很高兴的是，布里也再次成为了吉祥物巴基的粉丝……当然仅限于电视上远远望着。

"你在 shedding ikva amazinh"

芬太尼跟吗啡是一样的，不过药效更持久些。我称之为"快乐果汁"，接受治疗前我会服用这种药物，用以镇痛。它的确会让我感觉好很多。但有一个问题（对杰夫是一个问题，但对我不是）：每次一摄入芬太尼，我就只想发短信。这已经成为了一种习惯。芬太尼一进入我的身体，我就会马上伸手去拿手机。杰夫总试图从我手中拿走手机，但我不愿给他。出于一些原因，躺在医院摄入芬太尼，是少数几个时刻我感觉自己真的成了癌症病人。（很奇怪，对吧？）抓着手机不放，跟外界保持某种联络，我想通过这种方式来守住生活的常态。是的，即便我会不时失去意识，以至于手机掉落砸在脸上。一次又一次。每条短信我都要花至少十五分钟的时间才能编辑好然后发出。杰夫只能在一旁心如刀绞地看着，只希望我手中的手机能赶快死机。我坚称这没有关系，因为我觉得手机的自动纠错功能会帮到我。失去知觉之后，杰夫试图夺走我的手机，但我会突然醒过来然后夺回。我甚至不惜跟他打架。朋友们也已经习惯了我的短信，他们知道每当这时我肯定就是摄入了芬太尼。下面是我服用芬太尼之后，编辑的一段简短却很传奇的短信文字：

我："脸没办法认字。"

我："Dave guy did the b8id poi that did my initial nerrir core biopsy. I have conme go bottle"

朋友："兜兜转转！我可以读懂芬太尼的话！！！！"

我："ShavingYou Arlo"

我："You are GDP r are ewe I jeez"

我："You are shedding ikva amazinh"

朋友："谢谢你。"

如果你也生命垂危不得不服用芬太尼，我建议你也一定要把手机带在身边。杰夫和其他人可能会给你相反的意见，但你要记得笑——芬太尼和我共同为朋友们带去的欢笑——是最好的药。如果你还没到丢掉性命的地步却不得不服用芬太尼，那你可能得适当控制下发短信的事情，因为你可能也不想给自己的老板或其他一些重要的人发这种胡言乱语的短信吧。尽管这无论什么时候都是一件很搞笑的事。

伤心的分手？

关于是否告诉别人我已进入癌症晚期这件事，我个人比较敏感，因为我知道并非所有人都能很好地应对。每天我跟一些人碰面，除非被人问起……或者实在被逼得不行，不然我很少说起自己的情况。

一天晚上，我跟朋友凯特（就是之前陪我一起躺在草地上看云卷云舒的那个）在酒吧喝酒，突然听到了共和时代乐队的《我活过》。傍晚坐在酒吧喝酒，却响起了我的丧歌？这不是一个好兆头，尤其那天医生还告诉我现在用的这种化疗药已经产生耐药性，我又离葬礼近了一大步。我双眼含泪望着凯特，无助地耸肩，好似在说"没办法了，任何人都无回天之力了"，然后我转身跑进洗手间稳定自己的情绪。

凯特仍坐在桌子旁。当时时间已经很晚了，酒吧里只剩下一群大学生。他们时不时看看凯特，一半在讨论是否要上前跟凯特搭讪，一半可能想知道凯特这个泪眼婆娑的朋友究竟是怎么了。最后，一个女生冲凯特这边点了点头，打破了这种尴尬，她问："她是因为分手而伤心吗？"

"不是，"凯特直言相告，"晚期癌症。她要死了。"

嘿，有一个患癌症晚期的朋友，你就可以时不时享受到"收卡片"

的乐趣啦。那个姑娘和朋友们全都愣住了，无言以对。等我从卫生间回来坐下，他们全都沉默着径直朝门口走去。我不知道他们是认为癌症会传染还是因为不知道说什么。或许也是因为我当时刚好头上还有头发，看上去也挺健康，所以凯特的话让他们更加震惊吧。其实那个开口问凯特我是否因为分手而不开心的姑娘并没有错——她或许只是想表达关心，或者只是随便搭讪一句而已。不过这也给了我们一个教训：不要自以为是地去揣测别人的故事，如果你不一定能应对好事实真相就不要轻易过问。

还有一次，我经历了很煎熬的一天，化疗药物让我的身体备受折磨，而我又突然发现隐形眼镜掉了。于是我走进一家最近的连锁商店，解释说我的眼镜处方还是跟之前一样，我需要快速做一个检查，然后在保险可以覆盖的范围内买到最长效的隐形眼镜。

等到要付款的时候，他们告诉我保险可以支付"半年抛"的隐形眼镜。很好。我说我就要"半年抛"的。但他们却不听，坚持认为我应该拿"年抛"。我当时已经尽量表现得礼貌了，尤其是在感觉那么糟糕的情况下。我说"不用了，谢谢，我只需要'半年抛'的"，这样重复了几次。我知道他们也是在完成工作任务，却没有人听我说话……我突然觉得这或许是在针对我。

"可这不是一个明智的决定。"那个女人说，"你如果不买'年抛'，就相当于是在浪费钱。我再来跟你解释一遍……你这样是给多了钱。吉姆，你过来……你看她想怎么样。这不是个明智的决定，对吗？她在浪费钱。"

我崩溃了。

"听着，"我强笑着说，"我现在得了绝症。一年后我就死了。我是说认真的。我很确定，我死了就不需要再戴隐形眼镜了。所以你只要给我保险能够支付的隐形眼镜，然后让我回家。"

久久的沉默，气氛十分尴尬。他们一句话都没说，只是把隐形眼镜给了我，然后我便走了。一路上，我都为自己刚才说的话而耿耿于怀。我从来没有因为沮丧而对别人说过这样的话。这让我感觉很糟糕。不过随着时间的推移，我也逐渐接受了"你想要发问或者你不愿听我说？那就请做好准备接受我的回答"这种态度。有时候你应当接受"不"作为答案。我觉得哪怕是全世界最好的推销员，也不一定能把"年抛"隐形眼镜卖给一个将死之人。而且，我现在差不多还剩一箱隐形眼镜没用完。我人生最后的目标之一就是只用完那天买的隐形眼镜就好了。

又一个跟酒吧有关的故事

珍是我最好的朋友之一，她在我化疗期间经常过来陪我坐坐。没发现得癌症之前，我们常常去酒吧，几杯小酒下肚，我们便会绕着酒吧转圈。就是四周转转，看看周围的客人，看是否有合适的地方跳平克·弗洛伊德（Pink Floyd）的《迷墙》（The Wall）。开始化疗后我们又去了几次，发现习惯果然成自然——珍和我仍然会习惯性地转转。我们喝酒,抓起我的静脉输液架,然后前后左右转一圈,看看都有哪些人在酒吧里。现在回头想想,我想他们之所以把我们俩安排在靠后排的地方,估计是因为静脉输液架吧……

一个掉光头发的故事

与其说这是一个故事,不如说是一种观察。夏天,第一次体验光头的你冲入雨中,取下帽子,在倾盆大雨中漫步,把世界抛在脑后。那绝对是你人生中最辉煌的时刻之一。那种感觉,跟你重新长回头发,感受风吹过头发的那个瞬间是同样美妙的。即便你天生秃顶,下次下雨也一定要试一次。你会明白我说的是什么感觉。

生日快乐、感恩节快乐、圣诞节快乐、新年快乐!

去年感恩节周,几个朋友带我第一次经历了治疗骨转移的姑息性脊髓放射治疗,这个意思其实就是:"我们没办法解决骨头癌细胞引起的持续性剧烈疼痛,但我们或许可以通过折磨癌细胞一两周,好让你受到的疼痛稍稍缓解一些。"回到家之后,我整个人筋疲力尽、疼痛不堪。为了庆祝接下来的大日子(以防万一),我们吃了蛋糕,喝了亮晶晶的葡萄汁,一起唱歌,吹蜡烛,倒数,然后庆祝圣诞节,自始至终我都盖着毛毯坐在椅子上,无法动弹。然后朋友们表演了我最喜欢的电视剧之一《胜利之光》的一幕场景,从服饰到角色力求还原。那天,我从没笑得那么用力过。尽管每笑一下我都痛得撕

心裂肺，但我甘心承受。

朋友们没有把我放下就走，以免看到放疗引起的副作用，而是留下来努力逗我开心，就跟平时一样逗趣。如果不是到了那种境地，我们也不可能会做这么傻的事。我相信，不管怎样至少会有两个朋友帮着杰夫把布里抚养成人。现在你知道我为什么不担心了吧？

手臂塑形套（Arm Spanx）

人如果没有了淋巴结，就有患淋巴水肿的危险。也就是说，你的手臂可能肿得超大，而且可能永远处于这种水肿状态。我已经失去了十三个淋巴结。（只有一个是良性的，大概是癌细胞的一毫米，但"全部弄出来了"，因为我患病过早，而且我"相对较瘦"，我的淋巴结几乎是粘连在一起，所以就整个给弄出来了。就算有遗憾，安全还是第一位的，对吧？）因为我少了很多淋巴结，所以体液无法正常循环流通。通常来说，身体会进行自我调节，一般不会有什么事。但有时候一旦感染或者被虫子咬了，或者出于任何一个奇怪的原因，比如坐飞机，都可能引起淋巴水肿。经过大量治疗之后症状可能有所缓解，但这始终是个麻烦。

所以每次坐飞机我都会戴上压力袖套。去迪士尼的路上，我在机场卫生间努力戴上袖套，然后我察觉到一个长相甜美的二十几岁的女孩正盯着我看。我不知道她想要说什么，但我担心她问出我患晚期癌症的事。所以我在心里先准备好了答案。

"那个，你好？你刚才戴的是手臂塑形套吗？"她问。

"哈？"还从来没有人问过我这种问题。

"你懂的，就是那种塑身内衣，只不过你这种是手臂用的？"她说，"不过亲爱的，我跟你说，其实你的手臂刚刚好，不胖也不瘦。你不需要戴手臂塑形套呢！"

我愣了一秒，然后意识到她以为我戴这个袖套，是因为我觉得手臂太粗了。我大笑了起来，然后跟她解释了这个东西的用途。

"哦，这样啊，那还说得通。"她善意地回答，"因为你看上去挺好的！"

来自陌生人意外的称赞，让人感觉很好。人们常常不知道无心的赞美对别人意味着什么，无论对方是否患有癌症，即便这种赞美里面包含"手臂塑形套"这种词。

那是什么？

切除双乳后，我又进行了修复外科手术。不过因为病情已经发展到晚期，我决定不再进行选择性手术。我对伤疤并不介意，但我不确定如果布里看到我的身体跟她自己的不一样，会是怎样的反应。在想出合理解释之前，我洗澡或者换衣服都还是尽量避开布里。

可是有一天，她刚好在洗手间撞到我。

"妈妈！那是什么？"布里惊恐地大叫起来。

我当时正在喷体香剂，没意识到围在身上的毛巾掉了一半。我一下子慌了神。我还没准备好！可事情却这么发生了！这是一个重大的时刻！我本应该变身超级妈妈，想出完美的解释！但我整个人都僵在原地。然后我准备装傻。我拉起毛巾，反问她是什么意思。

"那个，妈妈！那个！那是什么？你为什么会有那个？"

布里一脸嫌弃的表情。然而她手指的并不是我的伤疤，她指的是我的体香剂！她以前从没注意到我会喷这个东西。我跟她确认，是否她问的是体香剂。她点点头,然后我回答了她的问题。

"真恶心。"她平静地说完,便走出了洗手间。

这件事再次证明孩子的心理承受力多大。她完全没注意到遍布我胸前的伤疤或者我没有乳头这个事实。就好像我变成秃头,她看到的也只是她的妈妈……这是一件很美好的事情。

· 希 望 ·

"有时候你可能觉得事情一团糟，而且永远没有变好的可能，但实际上你还有机会在这里经历这些糟糕的事情，至少代表你还有希望。有时候，人生正是'柳暗花明又一村'。经过人生中的这些坎坷曲折，我已经能够看到任何事情好的一面。记得，要花点心思去寻找闪光点。"

——致希望

后 记

同患癌症的病友们曾无数次地跟我说，从开始被确诊患癌晚期的那天起，就不应该再保留希望，这是脆弱的表现。我承认我确实还留着希望，但我并不觉得这是脆弱。没有希望，我不会像如今这般快乐。没有希望，我不会有这么多的笑容。没有希望，我不会给自己许下那么多的小心愿：比如活着看到下一次日出，活到下一个节日，活到下一次生日，活到我最爱的节目更新。保留希望，并不意味着我不接受现实。我知道自己身患绝症，我知道自己时日无多，但即便是在情况最糟糕的时候，如果每天失去了寻找希望的想法和意愿，我觉得人生也就失去了意义。

希望是我一次又一次忍受那残忍而痛苦的治疗，只是想着这治疗或许能让我亲眼看到布里上幼儿园的那天。大多数我这个年纪的父母，都在盼望着孩子离家上大学或者抱孙子的那天。但我呢？我只要能在秋天的学校，站在物资供应走廊上，看布里精心挑选自己喜欢的品牌，就心满意足了。其他的妈妈们或许会把目光转向手中的星巴克咖啡，试图逗一下车子里闹腾的小孩，同时呵斥大一点的孩子快点做决定，反正这又没什么关系。但是，不，这很重要！我还记得我小时候背着那学校发的物品，把它们装进我的新背包心里是多么的骄傲。我常想，不知道究竟有多少父母能体会那一时刻的美妙呢。我真的很嫉妒，他们每一年都能享受这种时刻，我真的想把他们摇醒，告诉他们一定要珍惜这样的瞬间，因为时间稍纵即逝。

希望是不如意的时候，我依然振作精神勇敢面对，因为生活再不如意，至少此刻我还活着。某个化疗疗程或许带给我言语无法描述的痛苦，但我还是会忍受，因为这或许能换来我在布里的舞蹈表演晚会上为她献上一大束花的机会。只要医生和护士们还在"折腾"我的身体，就代表还有希望。所以我会穿上那件写着"我还没死"的T恤，高昂着头，坚持看到事情好的一面。

希望是布里安娜。从神奇的迪士尼之旅到每周周一的"妈妈日"，到参观威斯康星獾足球队的激动，抑或只是在家里依偎着开舞会派对，跟她在一起的每一分每一秒我都分外珍惜。在这个世界上，我最喜欢的事是做布里安娜的妈妈，我打心里相信我们之间的欢笑和爱永远都在。它们会一直都在，我也会永远永远地为她感到骄傲。布里安娜，如果我不在了，你只要闭上眼睛，就会感觉到我仍陪在你身边。如果我写给你的这些卡片能带给你哪怕丝毫的希望、安慰，或者作为我对你不朽的爱的证明，那我的任务也就圆满完成了。哪怕你一次性把所有卡片都打开看了，我也不介意。如果你在看这些卡片的时刻能感到快乐，那我就会成为全世界最幸福的妈妈。

希望是杰夫。能与我的一生挚爱和我最好的朋友共度十年，这真的是我无比的幸运。请相信，在这个世界真爱和灵魂伴侣真的存在。有杰夫在我身边，我的每一天都充满欢笑和爱。他真的是全世界最好的丈夫。即便是在最糟糕的日子里，我们也总有办法找到一起欢笑的理由。时间是世界上最珍贵的东西，而我真的很感激能与杰夫共度这么长的人生。跟他在一起的日子幸福得无与伦比。被他搂在怀里，看着布里安娜成长，小布里带给我们的惊喜每一秒都在刷新生活的幸福。是的，这样美好的日子却进入了倒计时，这并不是一件令人高兴的事。但也正是因为我们清楚地意识到了这点，所以我们更加懂得珍惜。

希望是我所有的家人。对我而言，家人包括所有我爱的人，这跟他们是谁、我们何时相遇或者我们是否有血缘无关。他们让我的生命充满幸福、快乐与爱。在最艰难的日子里，是他们帮助我牢牢守住希望。他们让我看到生活的闪光点，无论那闪光点多么暗淡或细微（有时候最大的灾难往往变成最大的幸运，这大概也证明希望从来都是一件好事吧）。下一次，若你手捧美酒欣赏日落，请记得想起我，然后微微笑。

希望是快乐地活着。我讨厌让人难过,所以不要用怜悯或悲伤的眼神看我。微笑吧,朋友们,想想我们曾一起共度的美好时光,是那么让人刻骨铭心。回忆过往的那些趣事,放声大笑吧,或者讲给布里听,让她知道我一直一直深爱着她,我最大的愿望就是能够永远陪着她。别告诉她我输给了癌症。癌症或许带走了我的身体,但它永远带不走我们的爱,我们的欢笑、希望或快乐。这不是一场"战争",这是生活,而生活本身常常就是那么残酷那么不公。人生无常,就是这样。我没有输。带病生活的这段日子,在我看来本身就是巨大的胜利。

希望是欢笑着庆祝。如果你来参加我的葬礼,带上酒吧的贴条我会很高兴。如果能再开个舞会派对就更好了。尽情庆祝生命的美丽吧,因为你知道这才是我想要的。很奇怪,我相信当你们这么做的时候我也会到场——我向来不愿错过任何有趣的事!所以你大概也能知道我完全不介意你穿什么衣服来参加我的葬礼,只要你开心就好(是的,女士们,你可以穿上你那双一直苦于没有场合穿的无敌可爱的鞋子),你也可以谈及任何跟我有关的趣事来活跃气氛。丧礼仪式本身就应该成为对生命的庆祝。就让它办成庆祝仪式的样子吧。

希望是那些伸出援手的人。罗杰斯先生曾说:"寻找乐于助人的人。其实,他们无处不在。"乐于助人者通过许多方式照亮我们的生活,不仅给我们的家人带来希望,也是整个社会的希望。这么多的朋友、熟人,甚至是陌生人在百忙之中抽空来支持我们的家人,想想都觉得不可思议。带给我们的帮助不仅仅是经济上的,他们愿为之花费时间本身就是希望或爱的信号。

主治医生告诉我,这将是我与家人一起过的最后一个感恩节,"天使角度摄影"的老板珍妮弗特意过来看望我们,而在过去这十年她为我们全家人记录了所有生命的重大时刻,包括我们订婚、结婚、布里安娜出生、重大节日和生日等,她还给我带来了一样东西……

那是一堆卡片。

原来珍妮弗在十月份举办了一场为期两天的资金募集活动。父母可以带着小孩来拍摄万圣节盛装照片,而购买套餐外照片的钱则会以现金或礼物卡的形式捐赠给癌症患者家庭。珍妮弗给我带来卡片,其实就是布里安娜生命中每一个可能的特殊时刻留影:第一天上幼儿园、五岁生日、六岁生日、第一次学校舞会、父母约会之夜、甜蜜十六岁、圣诞节、大四照片……

珍妮弗的这份礼物让我感动得无以言表。其中几个场景刚好切合我给布里安娜写的卡片,我趴在厨房餐台上给卡片分类,内心不能平静。我甚至说不出心里究竟是什么感觉。自从卡片故事在社交网络上传播开来,成千上万的人跟我讲述他们失去人生挚爱的故事。他们同我分享自己的故事,告诉我逝去的人哪怕只是留给他们一张简单的卡片,都对他们有着莫大的意义。有些人还说他们也收到过那样的卡片，说那些卡片带给了他们无以复制的安慰。感谢珍妮弗这种大爱的举动，我得以明白在我死后，当杰夫把我写的第一张卡片给到布里安娜时，她会是怎样的感觉，而当她发现这样的卡片还有很多很多，又会是怎样的心情。还记得我给布里安娜写这些卡片时，心情是多么忐忑复杂吗：到底应不应该这么做？布里安娜会不会承受不来？她会不会觉得烦？而珍妮弗给我的这些礼物卡以及我收到礼物卡时的心情，让我确信我这么做是对的。

我的人生精彩热烈，了无遗憾。尽管得癌症是件很可怕的事情，但我认为它同时也让我看到了许多美好的机会——机会其实一直在那里，只是患病之前我并没有利用好每一个机会，因为我不曾以"每一天都是最后一天"的态度对待生活。别让癌症或者其他致命的疾病或困难境地逼着你去寻找希望。现在就开始寻找吧。试着去寻找正在做的每一件事情的闪光点。我最大的希望和我生命中最珍贵的闪光点就是我的家人。能怀着爱和热情跟他们共度四十年的人生，尤其是与我漂亮、健康的小女儿度过四年半的时光，我内心已满是感激。

这本书看到这里就结束了，请帮我一个忙：把书放下，现在花几分钟时间来感谢这脆弱的、如同过山车一般险象环生的生活，好吗？做一些能真正让你自己开心的事情。做你一直想做却又还没做的事。给某人一个惊喜的拥抱。出去看看日落。给某个你许久不曾联络的人打个电话或发条短信。与所有人和平共处。活着。大笑。

爱。尽情去做。然后，无论你决定选择何种方式，将其变成每天的习惯，以某种方式继续这种谢意。一天只需要花几分钟的时间而已。相信我，你看到的和感受到的人生将大不一样。

无论三十六岁、六十六岁还是九十六岁过世，如果你不曾真正感受生命，那你始终会觉得人生太短。找到你的希望所在。不要忘记，每一天都有意义。

· 毕 业 ·

"你一定付出了很多努力,我为你所取得的成就感到骄傲。"

——致布里安娜高中毕业时

附　录

在诊疗的过程中，我收到了来自世界各地朋友的各种支持和帮助。下面几个机构对我而言尤其重要：

吉尔达俱乐部（Gilda's club），位于麦迪逊的吉尔达俱乐部的宗旨是："确保每一个癌症患者都有足够的知识而掌握主动权，因行动而变得强大，因社团而获得支持。"

网址：www.gildasclubmadison.org

杰克 & 吉尔癌症晚期支持会，支持会的宗旨是："为家庭成员提供令人惊异的体验，为失去父亲或母亲的癌患子女构建不可缺少的家庭记忆……只要他们愿意。"

网址：www.jajf.org

METAvivor，该组织"致力于支持四期乳腺癌转移者与疾病的斗争。在 METAvivor 成立之初，尚没有组织致力于资助研究该疾病，如今已经有越来越多的人了解并投入研究，METAvivor 仍然是唯一的致力于进行年度四期乳腺癌转移研究的美国组织"。

网址：www.metavivor.org

出版后记

诊断出乳腺癌的那一年，希瑟才33岁。在此之前，她与丈夫相处融洽，做着自己喜欢的工作，拥有"全世界最漂亮的小女儿"，一切都很完美。癌症让她的人生轨迹"急转直下"，切除双乳、进行化疗、服用化学药物，在经历了三年多痛苦的努力和煎熬后，癌细胞还是扩散到了骨骼和肝脏，医生告诉希瑟，她最多还能活两年。"无论癌症如何毫不留情地向我投下炮弹发动攻击，世界依旧照常运转"——愤怒、绝望、伤心和恐怖可以摧毁一个人，但希瑟坚强地认定，只要还有一丝机会能够主导任何一件事，她依然会拼尽全力。

她开始重新审视生命，用全新的视角和超然的乐观对待生活，用热情去感知世界、尝试新鲜事物、爱身边的人。希瑟要为五岁的女儿布里安娜创造最后的爱的美好回忆，在艰难痛苦的手术和化疗间隙，她"秘密地"执行起自己的"妈妈卡片计划"，卡片上写满了希瑟对女儿未来生活中特殊时刻的寄语。从"布里安娜十八岁生日"到"布里安娜毕业"，从"布里安娜结婚"到"布里安娜退休"，从"告别单身派对"到"布里安娜第一次喝酒"，作为母亲，希瑟希望用这种特殊的方式陪伴女儿的一生，即便自己已经离去，但那些祝福会永远安慰她，鼓励她，教会她接受生命中可能出现的意外，用勇敢的心面对一切。

在生命的最后时光中，《给布里安娜的卡片》记录了希瑟患癌后的点滴生活，她如何在病痛中寻找快乐，她如何放手去一直想做的事，也记录了她对家人、朋友和读者的祝福，这是一本母亲写给女儿的生命手记，也是一个真诚的女性写给所有人的自白书。这本书是希瑟生命最后的四十九天中写成的，第五十天交稿后，她安静地离开了人世。面对死亡，任何人都会感到难以接受，但希瑟用这本书告诉我们，死亡与离别本身就是生命的一部分，只要希望与爱常在，我们就应该认真生活，一切就有无与伦比的意义。

记住希瑟最喜欢的那句话吧："你比自己想象的更为勇敢，比你自己表现的更为强大，比你自己认为的更加聪明。"生命精彩热烈，愿你了无遗憾。

服务热线：133-6631-2326　188-1142-1266

服务信箱：reader@hinabook.com

后浪出版公司
2018 年 3 月

图书在版编目（CIP）数据

给布里安娜的卡片/(美)希瑟·麦克马拉米,(美)威廉·克洛伊尔著；谢幕娟译. — 南昌：江西人民出版社,2018.4
 ISBN 978-7-210-10158-1

Ⅰ.①给… Ⅱ.①希…②威…③谢… Ⅲ.①散文集—美国—现代 Ⅳ.①I712.65

中国版本图书馆CIP数据核字(2018)第021848号

Cards for Brianna: A Mom's Messages of Living, Laughing, and Loving as Time Is Running Out by Heather McManamy and William Croyle
Copyright © 2016 by the estate of Heather McManamy
All rights reserved.
Chinese simplified translation published by agreement with Sourcebooks, Inc. through the Chinese Connection Agency, a division of Yao Enterprises, LLC.
本简体中文版权归属于银杏树下（北京）图书有限责任公司。
版权登记号：14-2018-0018

给布里安娜的卡片

著者：[美]希瑟·麦克马拉米　　[美]威廉·克洛伊尔
译者：谢幕娟　责任编辑：辛康南　特约编辑：张　怡　筹划出版：银杏树下
出版统筹：吴兴元　营销推广：ONEBOOK　装帧制造：墨白空间
出版发行：江西人民出版社　印刷：北京中科印刷有限公司
889毫米×1194毫米　1/32　5.5印张　字数108千字
2018年4月第1版　2018年4月第1次印刷
ISBN 978-7-210-10158-1
定价：36.00元
赣版权登记 -01-2018-9

后浪出版咨询(北京)有限责任公司 常年法律顾问：北京大成律师事务所　周天晖 copyright@hinabook.com
未经许可，不得以任何方式复制或抄袭本书部分或全部内容
版权所有，侵权必究
如有质量问题，请寄回印厂调换。联系电话：010-64010019

本书照片提供

The photographs found on the following pages are © Jeff McManamy: v、2、36、55、71、80、88、96、106、111、130、132、137、144、155

The photographs found on the following pages are © the estate of Heather McManamy: 4、8、10、27、28、39、47、52、55、65

The photograph found on page 14 is © Laura Frazier/Raspberry Lane Photography

The photograph found on page 17 is © Hillary Schave/Azena Photography

The photograph found on page 22 is © Kate Westaby

The photograph found on page 30 and 83 are © Kelli Grashel

The photograph found on page 48 is © Brian Joyce

The photograph found on page 74 is © John Grant Photography

The photograph found on page 99 is © Jen Dickman

The photograph found on page 113 is © Katy Morgan-Davies

The photograph found on page 125 is © Scott Jens